Les Aventures du jeune Lupin

À la poursuite de Maître Moustache

Marta Palazzesi

Les Aventures du jeune Lupin

À la poursuite de Maître Moustache

Traduit de l'italien par Emma Troude-Beheregaray

Albin Michel Jeunesse

Titre original : *Le avventure del giovane Lupin.*
Première publication en Italie par les éditions Adriano Salani en 2019.
Cette édition a été publiée en accord avec Grandi & Associati.

Illustration de couverture d'Antoine Maillard.
Cabochon : © Designed by freepik.

Paris, 1886

PROLOGUE

Voler, c'est mal, d'après les gens.

Pas si on le fait pour les bonnes raisons, d'après moi.

Surtout quand on a onze ans, qu'on vit dans l'un des orphelinats les plus sordides de la ville et qu'on est le seul capable de crocheter la serrure du garde-manger.

C'était la nuit de Noël de l'année 1886. Mes compagnons d'infortune et moi étions allongés sur nos lits de camp. Nous étions une vingtaine d'enfants de quatre à onze ans, tourmentés par les affres de la faim. Ce soir-là, nous avions eu droit à la même soupe insipide que d'habitude, complétée d'un morceau de fromage dur. Pas d'oie farcie aux marrons, pas de pain accompagné de beurre aux herbes, pas de dessert à la meringue. Et des cadeaux, n'en parlons même pas.

Je me recroquevillai sous la couette en rêvant à mille manières de faire payer tout cela à Mme Générouse, la directrice de l'orphelinat. Si nous, les orphelins, étions réduits à de petits tas d'os, les siens, d'os, étaient recouverts de couches de gras moelleuses. Son mari, M. Fraude, n'était pas en reste et il ne s'était jamais autant amusé que ces derniers jours à se balader dans les couloirs avec un sac de pralines au chocolat accroché à la ceinture. Comme j'aurais aimé glisser une bestiole dégoûtante dans leur lit ! Mais l'orphelinat Laurent était si sordide que même les souris, les cafards et les mille-pattes refusaient de l'infester.

– Lupin, chuchota tout à coup le petit Léon, qui partageait mon lit, en levant la tête de son oreiller. J'ai faim.

– Je sais, Léon. Mais…

– Moi aussi, j'ai faim, Lupin ! murmura quelqu'un derrière nous.

– Lupin, je t'en prie ! renchérit un autre.

– Lupin, fais quelque chose !

Peu à peu, le dortoir tout entier se mit à scander : « Lupin ! Lupin ! Lupin ! »

– TAISEZ-VOUS !

M. Fraude apparut tout à coup sur le seuil de la porte, enveloppé dans une chaude robe de chambre rouge. Ses petits yeux sombres, surmontés de sourcils pareils à de grosses chenilles poilues, parcoururent tout le dortoir, l'air méchant.

– Si j'entends encore un seul mot, je vous envoie dormir dans la cour !

Ce n'était pas une menace en l'air. Chaque semaine, au moins un enfant passait la nuit dans ce triste rectangle pavé. Et ce, en toute saison, surtout pendant une averse ou une chute de neige. J'étais sûr que c'était l'une des méthodes imaginées par M. Fraude pour nous exterminer.

Un sombre silence s'abattit sur tout le dortoir. M. Fraude, satisfait de l'effet provoqué par sa menace, s'en alla. Nous entendîmes ses pas lourds monter l'escalier jusqu'au deuxième étage, où Mme Générouse l'attendait dans leur petit salon privé. Là, ils allaient siroter des liqueurs et manger des gâteaux jusqu'à s'endormir devant la cheminée.

Maudits soient-ils !

Je restai allongé dans mon lit pendant un moment, à écouter les bruits provenant de l'étage supérieur. Puis je me levai et, sous le regard plein d'espoir des autres orphelins, j'atteignis la porte du dortoir.

Juste avant que je sorte, Léon se glissa hors de notre lit et courut pour me serrer dans ses bras.

– Lupin, ne te fais pas prendre ! chuchota-t-il, ses grands yeux clairs écarquillés par la terreur. Tu sais ce qui arrive aux enfants méchants. *Ils disparaissent.*

– Ne t'inquiète pas, le rassurai-je. Moi, je ne disparaîtrai pas. Recouche-toi.

Léon ne bougea pas. Je posai une main sur sa tête et ébouriffai ses boucles blondes.

– Si tu te remets tout de suite au lit, je t'apporterai un cadeau de Noël de la cuisine.

Au mot « cadeau », Léon sourit et toucha la cicatrice en forme de demi-lune qu'il avait sur la joue droite, souvenir récent de Mme Générouse et de sa cravache.

– Une meringue. J'aimerais bien une meringue.

– Tu l'auras. File, maintenant.

J'attendis que Léon se recouche, puis, rapide et silencieux comme un chat, je descendis à l'étage inférieur et traversai le hall de l'orphelinat. Mme Générouse était trop avare pour remplacer les mèches des lampes à pétrole et, sans les réverbères de la rue, je n'aurais rien pu voir. Non pas qu'il y ait grand-chose dans le hall, à part un sapin de Noël rabougri dans un coin, un arbre maladif couvert de tristes décorations fabriquées à partir de vieux journaux...

Une fois dans la cuisine, je me faufilai jusqu'au garde-manger, une petite pièce que la cuisinière, une femme bourrue du nom de Mme Lipp, fermait à clef tous les soirs. Quelle naïveté, ce n'était pas une serrure qui allait m'arrêter ! Une épingle à cheveux, deux coups adroits, et elle céda en me donnant libre accès aux merveilles qui se cachaient dans ce lieu, objet de nos rêveries les plus folles.

– Misère… murmurai-je devant le garde-manger plein à craquer.

Il y avait des pots de beurre et de miel, des boîtes de biscuits, des fromages, un jambon entier et plusieurs paniers pleins de légumes.

Après avoir pris deux meringues pour Léon dans un bocal en verre, j'attrapai un sac de pommes, certain que ni Mme Générouse ni son mari ne se rendraient compte de sa disparition. Elles n'étaient pas assez juteuses pour eux. Sans faire de bruit, je fermai la porte du garde-manger, me retournai et…

– Ah !

Un revers de main m'atteignit en plein visage et le sac tomba au sol.

– Bien, bien, *bien*, ricana Mme Générouse en me soulevant par le col du pyjama.

Enfoncés dans son visage grassouillet, ses yeux brillaient de la satisfaction de m'avoir pris la main dans le sac (et c'était le cas de le dire).

– Même à Noël, tu ne respectes pas les règles, hein, Lupin ? Voler notre nourriture, c'est ton passe-temps préféré, siffla-t-elle, l'haleine chargée d'alcool.

– Ce n'est pas un passe-temps ! m'exclamai-je en me cabrant pour me libérer de son étreinte. Je le fais parce que pendant que *vous*, vous vous gavez, *nous*, nous mourons de faim !

Mme Générouse me jeta par terre. Sa cravache

s'abattit sur mes jambes et y laissa deux longues striures violacées.

– Tu devrais être un peu plus reconnaissant, mon garçon !

– Reconnaissant ? répliquai-je. Pour quoi ? Vous ne vous souciez pas de nous. Vous tenez cet endroit uniquement pour empocher les donations. Vous êtes deux crapauds avides et voraces !

Mme Générouse leva le bras, prête à me frapper de nouveau, mais elle fut interrompue par la voix de son mari.

– Ma chérie ?

M. Fraude passa la tête dans la cuisine, une lampe à pétrole à la main.

– C'est l'heure.

– *Lupin !*

Malgré la douleur que je sentais dans les jambes, je bondis sur mes pieds.

– Léon ? m'exclamai-je quand je reconnus mon camarade derrière M. Fraude. Arrêtez ! Où l'emmenez-vous ?

Mme Générouse appuya sa cravache contre moi.

– Ne t'avise pas de bouger ou je t'écorche vif ! Viens surveiller cette canaille, continua-t-elle en se tournant vers son mari. Je veux compter l'argent moi-même. Tu sais que je n'ai pas confiance en *ce type*.

Léon se cabra pour échapper à l'étreinte de M. Fraude.

– Lupin ! *Au secours !* Je ne veux pas disparaître moi aussi !

Mme Générouse l'atteignit et le traîna hors de la cuisine.

– Non ! Lupin !

– Laissez-le tranquille ! hurlai-je. Il n'a rien fait, lui ! C'est ma faute ! Prenez-moi à sa place !

M. Fraude s'approcha de moi en brandissant la cravache de sa femme.

– Arrête ton boucan ! Les gendarmes vont finir par se montrer ! On va se faire arrêter à cause de toi !

– C'est tout ce que vous méritez !

– Sale insolent…

– Allez au diable !

J'ouvris grand la porte du garde-manger et attrapai un pot de beurre que je fracassai sur le front de M. Fraude.

– Aaaah ! hurla-t-il en tombant par terre.

Je ne perdis pas de temps et courus hors de la cuisine pour rejoindre Mme Générouse et Léon, mais ils étaient déjà dans la cour et la porte était fermée à clef. Je cherchai frénétiquement l'épingle dans mes poches, mais elle avait dû tomber dans la cuisine et M. Fraude se trouvait là-bas. Je ne pouvais pas y retourner.

– Léon !

Je me mis à frapper contre la petite vitre de la porte, à travers laquelle je voyais Mme Générouse parler à un homme enveloppé dans un long manteau sombre. Il portait des gants blancs et un haut-de-forme luisant sur la tête. L'espace d'un instant, d'un seul instant, je réussis à apercevoir son visage et remarquai son épaisse moustache noire. Puis M. Fraude m'attrapa par le bras et me traîna dans le hall.

– Sale vaurien, je vais te donner une bonne leçon... gronda-t-il. Nous verrons bien si tu seras encore capable de nous voler quand tu seras boiteux. Un coup de tisonnier et je te fais sauter tous les orteils...

– Mais que se passe-t-il ?

Mme Générouse surgit dans l'entrée, l'air furieux. Léon n'était plus avec elle. À la place, il y avait désormais une bourse sonnante en tissu.

– Regarde ce qu'il m'a fait : je vais avoir une bosse ! Je pensais l'estropier, comme ça, il ne nous posera plus de problèmes.

Mme Générouse me regarda fixement, le visage couvert de sueur. Elle était si en colère que son double menton tremblotait. Puis son expression changea et sa bouche fine s'étira en un sourire.

– Il n'en vaut pas la peine, mon chéri.

– Quoi ? s'étonna M. Fraude. Tu ne vas pas le laisser s'en tirer comme ça, j'espère. Tu veux le vendre à *ce type* ? reprit-il après avoir réfléchi.

– Non, répondit Mme Générouse. Il ne mérite pas une telle chance.

– Mais alors, tu veux le garder ici ?

Mme Générouse ne répondit pas. Lentement, sa longue jupe bruissant autour de ses pieds, elle alla jusqu'à la porte et l'ouvrit.

– Oh, murmura M. Fraude avant d'éclater de rire. Ah ah ah ! Bonne idée, ma chérie.

Il me libéra et me poussa vers la porte grande ouverte.

– Amuse-toi bien dehors, ajouta-t-il.

Il neigeait sans arrêt depuis deux jours. Une couche blanche et gelée recouvrait les rues, les trottoirs et les bâtiments. Elle avait transformé les arbres en squelettes de glace. Mais je n'allais pas me laisser intimider. Je regardai la directrice d'un air de défi, les poings fermés et la tête haute. Puis, sans un mot, je sortis de l'orphelinat comme j'étais, en pyjama, et j'enfonçai mes pieds nus dans la neige.

Mme Générouse, qui continuait à sourire, me claqua la porte au nez, convaincue que la faim et le froid me tueraient avant l'aube.

Elle se trompait.

Me jeter à la rue fut le plus beau cadeau de Noël qu'elle puisse me faire, car c'est ainsi que commencèrent mes aventures.

Paris, 1889

Chapitre un

Un lundi comme un autre

Deux ans et demi s'étaient écoulés depuis que j'avais quitté l'orphelinat Laurent et, malgré les espoirs de sa directrice, je n'étais pas mort. Bien au contraire. En ce lundi 6 mai 1889, jour de l'inauguration de l'Exposition universelle, je me sentais plein de vie et d'enthousiasme. Les rues de la ville étaient en ébullition. Des torrents de Parisiens, de provinciaux et d'étrangers se déversaient vers la tour Eiffel, la structure la plus spectaculaire que j'aie jamais vue. L'atmosphère était fébrile, rythmée par un incessant va-et-vient de fiacres conduits par de fiers cochers, de marchands ambulants qui vendaient leurs produits, et d'exclamations pleines d'excitation.

« … un *phonographe*, je te dis, un appareil qui fait de la musique sans que personne ne joue ! »

« … il est fou ce Peugeot ! Un *tricycle à vapeur* ? Il ne va pas aller loin, ma parole. »

« ... cette *tour Eiffel* est une véritable horreur ! Dieu merci, elle sera démolie dans quelques années ! »

La Seine coulait derrière moi, imperturbable. Adossé au parapet en pierre, j'observais attentivement la foule.

Je remarquai tout de suite deux dames richement vêtues, aux couleurs printanières, protégées par des ombrelles et des chapeaux. Chacune avait une bourse en tissu au poignet. Elles sentaient à plein nez le Ier arrondissement, le quartier des riches bourgeois.

– Je veux aller au village africain ! s'exclama celle qui portait une robe rose.

– Oh, non, répliqua son amie, vêtue de bleu. Allons plutôt à la galerie des Machines.

C'étaient décidément deux cibles bien attirantes, mais l'énergumène qui marchait quelques pas derrière elles avait un aspect peu rassurant. Elles devaient être *vraiment* riches pour être escortées de la sorte.

Moi, je suis rapide, mais lui, il est costaud, pensai-je. *S'il m'attrape, je suis fichu. Et là, pas loin, il y a des gendarmes qui n'attendent rien d'autre qu'un peu d'action.* L'image de l'homme me brisant les os du cou avant de remettre mes pauvres restes aux gendarmes me traversa l'esprit. *Non, trop risqué.*

C'est à ce moment-là que j'entendis la fin de la réponse de la dame en bleu.

– Je ne veux même pas m'en approcher, du village

africain et de *ces créatures.* Ils me dérangent. Ils sont si laids, si sales et si… *sauvages.*

Je n'avais plus le choix à présent. Je poussai un soupir résigné avant de suivre l'individu et les deux promeneuses vers les pavillons de l'Exposition.

Comprenons-nous bien : la politique coloniale de mon pays, moi, je m'en fichais pas mal. Mais, du fait de ma situation, j'éprouvais une sympathie immédiate pour les exclus, les opprimés et les misérables. Et ces personnes, arrachées à leur terre et enfermées dans de prétendus « zoos humains » pour le divertissement des visiteurs, rentraient justement dans l'une de ces catégories, sinon dans les trois.

L'occasion de passer à l'action ne tarda pas à se présenter. Mes deux victimes et leur gigantesque accompagnateur s'arrêtèrent pour écouter l'accordéoniste installé au pied de la Tour. Un singe vêtu d'un gilet rouge faisait des cabrioles sur ses épaules, au rythme de la musique.

Je patientai après avoir observé mes cibles se faire engloutir par la foule réunie autour du musicien.

– Ah ! hurla tout à coup quelqu'un quand le singe se mit à lancer des coquilles de noix sur les spectateurs.

– Partons, partons ! s'exclama la dame en rose.

Les deux amies reculèrent et se heurtèrent au mur de personnes qui se trouvaient derrière elles.

L'individu qui les accompagnait commença à jouer des coudes pour les rejoindre. S'ensuivit un moment de confusion où je passai à l'action. Je me glissai dans la foule et m'avançai vers la dame en bleu. Mes mains trouvèrent tout de suite sa bourse et se refermèrent sur un miroir en marqueterie et un peigne en nacre. Puis je passai à l'autre : très vite, il n'y eut plus de bracelet en or à son poignet ni d'épingle à son chapeau.

J'étais sur le point de m'échapper quand un étau se resserra autour de mon bras : une grosse main poilue aux doigts recouverts de touffes noires. Je levai les yeux.

– Et tu pensais aller où, comme ça, espèce de voleur ? s'écria l'homme. Viens, on va se promener un peu tous les deux... Ah ! Sale bestiole !

Le singe au gilet rouge venait juste de sauter à la tête de l'individu et de lui fourrer ses pattes dans les yeux.

– Merci pour l'invitation, ce sera pour une prochaine fois ! m'exclamai-je dès que j'eus le poignet libre.

Je fis demi-tour et me mis à courir en direction de la Seine pendant que le singe, fermement agrippé aux cheveux de sa victime, l'empêchait de voir de quel côté j'avais fui.

Après une course effrénée, je traversai le pont de la Concorde et ralentis quand j'atteignis les immeubles luxueux du Ier arrondissement. Là, je fis semblant d'être un garçon de bonne famille. Personne n'aurait pu imaginer que les poches de ce jeune homme bien vêtu étaient en réalité pleines d'objets volés.

Près d'une demi-heure plus tard, j'arrivai à Montmartre, le quartier où j'habitais à l'époque, mais je ne rentrai pas chez moi. Je m'engouffrai dans une ruelle envahie par les vapeurs bouillantes des blanchisseries, derrière la place Pigalle. Celle qui m'intéressait était la troisième, la plus grande. Je trouvai sa propriétaire, l'imposante Mme Malaquais, occupée à fumer la pipe, assise sur un tabouret.

– En voilà de beaux habits, commenta-t-elle quand elle me vit.

Elle était enveloppée dans un châle noir qui lui arrivait jusqu'aux pieds. Son visage rugueux était rougi par la chaleur et ses cheveux blancs étaient enroulés en une tresse autour de sa tête.

– Pouvez-vous les remettre à neuf ? Le pantalon est taché. J'en ai besoin pour ce soir.

Mme Malaquais ôta la pipe de sa bouche. Elle me fit signe d'approcher et tâta les traces de boue de ses doigts jaunis par le tabac.

– Un voleur qui restitue son butin, lança-t-elle. Quel sens y a-t-il à voler des vêtements pour les rendre quelques heures plus tard ?

– J'en ai seulement besoin pour me déguiser, vous le savez bien.

– Quand je vois les haillons dans lesquels tu te promènes, je me dis que tu pourrais les garder.

– Je suis un sentimental. J'aime mes haillons.

Mme Malaquais émit un son à mi-chemin entre le rire et le hennissement.

– Je n'ai jamais compris comment raisonnait ta tête, mon garçon, conclut-elle avec frustration.

Je me faufilai dans la laverie et me déshabillai derrière un paravent. Mes « haillons » étaient là, pliés dans un coin. Je les enfilai à la hâte et transférai le butin d'une poche à l'autre.

– Je passerai vers minuit, dis-je en m'avançant dans la pièce.

Mme Malaquais grommela et ordonna à l'une de ses blanchisseuses de s'occuper des vêtements sans cesser de mâcher son tabac, l'air hargneux.

– Tu es trop maigre, finit-elle par déclarer.

– Vous avez déjà vu un voleur gros ?

Je l'embrassai sur la joue en ignorant ses marmonnements et sortis. Juste avant de disparaître derrière le coin de la rue, je me retournai. Je vis Mme Malaquais glisser une main dans ses cheveux blancs et sourire quand ses doigts saisirent un peigne en nacre.

Je continuai mon chemin et remontai une ruelle tortueuse derrière laquelle, au loin, se détachaient les gigantesques échafaudages de l'église du Sacré-Cœur. C'était une belle journée ensoleillée et les enfants gambadaient pieds nus le long du trottoir, poursuivis par les cris de leurs mères. Je m'arrêtai pour acheter du pain dans une boulangerie. Quand je sortis de la boutique, un singe à l'allure familière m'attendait.

– Tu as été très courageux, Tricher, lui dis-je en le prenant dans mes bras. Sans toi, ce type m'aurait mis en pièces.

Il poussa un petit cri de satisfaction et enfonça la tête dans le sac du pain.

– Non, ce n'est pas pour toi, l'arrêtai-je avant de lui remettre le bracelet en or. Apporte-le à Pascal. Il a vraiment besoin d'un nouvel accordéon.

Après avoir réfléchi, je lui donnai également un morceau de ma baguette. Il hurla d'enthousiasme et s'échappa avec son précieux butin.

Je marchai jusqu'au bout de la rue et traversai une petite place carrée où quelques peintres, assis devant leurs chevalets, essayaient de capturer l'atmosphère du quartier. Je m'engageai dans une ruelle raide bordée d'une vieille vigne à l'abandon et… elle apparut, avec sa tourelle élancée, ses volets vétustes et son portillon peint en bleu : La Fourche, l'immeuble le plus malfamé de tout Paris.

Ma maison.

Chapitre deux

Dans le repaire du faussaire

– Salut, Lupin !

– Content de te voir, Lupin !

– Tu as trouvé quelque chose d'intéressant, Lupin ?

Une nuée bruyante d'enfants pieds nus m'encercla pour glisser la main dans toutes mes poches.

– Laissez-le tranquille ! tonna Rémi le Rongeur, vigie de La Fourche.

Du haut du baril sur lequel il passait une grande partie de la journée, il menaça les enfants avec le couteau crasseux qui lui servait à se nettoyer les ongles des pieds.

Rémi était un garçon de douze ans, tout en coudes et en genoux. Il avait deux incisives incroyablement proéminentes et des cheveux filasse toujours en bataille. Il ne portait des chaussures que d'octobre à février, se lavait une fois par mois et prenait sa tâche très au sérieux : aucun inconnu ne pouvait s'approcher de La Fourche et de ses habitants sans passer d'abord par lui.

J'attendis que les enfants se calment pour donner un morceau de ma baguette à chacun. Après avoir fait un pied de nez à Rémi, ils s'enfuirent tous en courant. Certains grimpèrent comme des singes le long de la façade de La Fourche, d'autres allèrent se réfugier dans des entrepôts et des sous-sols.

– Petits sauvages, commenta Rémi en continuant à se nettoyer les ongles des pieds.

– Tout va bien ici ? demandai-je. J'ai vu pas mal de policiers dans la rue.

– C'est cette satanée exposition ! grommela Rémi. Mais ils ne sont pas assez bêtes pour monter jusqu'ici. Ils savent qu'ils ne sont pas les bienvenus.

– Ça, c'est sûr, commentai-je en entrant dans La Fourche.

Dans l'entrée flottait l'habituelle odeur d'épices, d'encens et de pipi de chat. J'étais sur le point de m'engager dans l'escalier quand je vis descendre Adélard, le locataire du deuxième étage, un falsificateur de billets de théâtre.

– Bonjour, Adélard, lui lançai-je.

Grand et maigre, il avait un long visage chevalin et des cheveux pommadés, séparés au milieu par une raie bien droite. Il m'adressa un geste tranquille de la main avant de sortir de La Fourche, son paquet de faux billets sous le bras.

– Ce bon vieil Adélard. Toujours aussi bavard, murmurai-je en secouant la tête.

À ce moment-là, la porte de l'appartement du rez-de-chaussée s'ouvrit en grand et une jeune fille portant un chapeau volumineux en sortit en larmes. Elle ouvrit le portillon et disparut dans la rue, secouée de sanglots désespérés.

La Bigleuse apparut un instant plus tard, un de ses chats dans les bras. Ce jour-là, elle était plus funèbre que d'habitude (déjà qu'elle n'avait pas l'air gai en temps normal). En plus de son habituelle robe sombre, elle portait un turban, un châle et des gants en dentelle noirs. Sans parler du maquillage sur ses paupières ni de la teinte de ses ongles.

Malgré son nom, elle avait encore les deux yeux au bon endroit. Elle s'appuya contre le montant de la porte et exhala un long soupir fatigué.

– Dure journée ? lui demandai-je.

– Comme d'habitude.

– Qu'avez-vous fait à cette pauvre femme ?

– Elle m'a demandé si son fiancé la trompait.

– Et ?

– Je lui ai donné sa réponse, lâcha la Bigleuse en montrant ses dents cariées.

Elle vivait à La Fourche depuis près de trente ans

et c'était la voyante la plus célèbre de Montmartre. On disait que, parmi ses clientes préférées, elle comptait des femmes si riches qu'elles la payaient en lingots d'or. Mais, à en juger par l'état de son appartement, j'en doutais.

– Vous savez qu'on peut mentir pour la bonne cause ? lui demandai-je.

– Moi, je ne mens pas, répliqua-t-elle. Je me fie seulement à ce que je vois.

Elle indiqua un endroit dans son dos où brillait une sphère de cristal sur une petite table recouverte de velours violet.

– À propos, va parler aux époux Forge, suggéra-t-elle. Il semblerait qu'il soit arrivé quelque chose à l'un de leurs fils.

– Vous plaisantez ?

– Je ne plaisante jamais.

C'était vrai. Je saluai rapidement la Bigleuse et montai au premier étage, soucieux de comprendre ce qu'il s'était passé. Lucien et Alix Forge formaient un jeune couple qui, sous un air innocent, cachait en réalité deux criminels invétérés qui avaient fait sauter les chambres fortes de la moitié des banques de la ville. Il ne s'agissait pas d'avidité pure et simple : ils avaient neuf enfants à charge. Pourtant, à Noël, trois ans plus tôt, quand ils m'avaient trouvé dans la rue, à moitié mort de froid, ils n'avaient pas hésité à m'emmener chez eux. Ils m'avaient nourri et réchauffé. J'étais resté là quelques semaines, avant d'emménager au dernier étage, dans le grenier qui était vide depuis des années. Mais je continuais à déjeuner avec Lucien et Alix tous les dimanches, et quand ils allaient faire sauter un coffre-fort, c'était moi qui m'occupais de leurs plus jeunes enfants. Pour moi, ils étaient ce qui se rapprochait le plus d'une famille.

Je frappai à la porte de leur appartement.

– Lucien ? Alix ? C'est moi, Lupin.

Ce fut Alec, un des cadets de la fratrie, qui m'ouvrit.

– Salut. Où sont ton père et ta mère ?

– Ils sont allés faire *boum*, répondit-il en se grattant le mollet de son pied nu. Ils seront dehors jusqu'à ce soir.

Ce n'était pas le moment, pensai-je.

– Écoute, Alec, la Bigleuse m'a dit qu'il était arrivé quelque chose à l'un de tes frères. De qui s'agit-il ?

– C'est Jérôme. Il s'est fait arrêter.

– Arrêter ? Pour quoi ?

– Pour vol. La dame chez qui il travaille a perdu une broche en rubis. Les autres domestiques ont dit à la police que c'était lui.

– Moi, je l'avais dit à papa et maman que c'était stupide de l'envoyer faire le valet, intervint Marie, la plus grande des filles Forge.

Elle était sortie de la chambre de ses parents, où le reste de la nichée dormait dans le grand lit.

– Mais Jérôme voulait *contriber* à la famille.

– On dit *contribuer*, idiote ! s'exclama Alec.

– Ne me traite pas d'idiote ! riposta Marie.

– Arrêtez de vous disputer, les interrompis-je. Alec, tu es sûr que la broche était en rubis ?

Il haussa les épaules et regarda sa sœur en quête de confirmation.

– Oui, répondit Marie. C'est une des clientes de la Bigleuse qui l'a dit. Elle connaît la dame qui s'est fait voler.

– D'accord. Vous, vous restez ici, pendant que moi, je vais faire libérer Jérôme. Si vous avez besoin de quelque chose, demandez à Rémi, il s'occupera de vous jusqu'à ce soir. Compris ?

– Compris, répondit Marie. Mais tu es sûr de réussir à le *labourer*...

– Le *libérer*, la corrigea Alec.

– Oui, affirmai-je.

Jérôme était incapable de faire la différence entre un diamant et un cristal de sel.

– Quelqu'un a volé la broche et cherche à faire porter le chapeau à votre frère. Tout ce qu'il me reste à faire, c'est la trouver pour prouver que ce n'est pas lui qui l'a volée.

– Et comment tu vas faire ? demanda Marie.

– Un bijou comme ça ne peut pas disparaître dans la nature en si peu de temps. Il est encore là, quelque part. Mais ne vous inquiétez pas, ajoutai-je en adressant un regard rassurant à Alec et Marie. Je sais où le trouver.

*

Tous les bijoux volés dans la ville transitaient par la poissonnerie de M. Sirop, à la limite du Marais. Comme c'était un voyage assez long, je sautai dans un omnibus tiré par deux chevaux noirs. Je m'installai à l'étage et descendis au bout d'une demi-heure au carrefour du boulevard de Sébastopol. Il y avait plus de circulation que d'habitude. Le boulevard était bondé de touristes attirés par l'Exposition universelle qui s'offraient une promenade dans l'un des quartiers les plus célèbres de la ville. Pour ma part, ce n'était pas un endroit où je mettais les pieds de bon cœur, et ce pour différentes raisons.

– Regardez un peu qui est là. Alors, Lupin, tu fais la manche ?

Une de ces raisons venait tout juste d'ouvrir la bouche.

– Ganimard. C'est toujours un plaisir de te voir.

Justin Ganimard, fils de l'inspecteur à la tête de la police parisienne, me regardait de son habituel air pédant. Nous avions le même âge, mais nous n'aurions pas pu être plus différents : moi, maigre et brun, lui, massif et blond. Un jeune voleur et un aspirant policier. Le jour et la nuit, en somme.

Nous nous étions « rencontrés » l'année précédente, quand lui et sa bande d'amis arrogants avaient eu la bonne idée de venir m'embêter pendant que je pêchais au bord de la Seine. J'avais réussi à m'échapper en me jetant à l'eau, mais pas avant d'avoir lancé une poignée d'appâts à la tête de Ganimard. Vivants, les appâts. Depuis ce jour-là, nous étions ennemis jurés. Pourtant, l'ironie du sort voulait qu'il finisse toujours par se retrouver sur mon chemin.

– Tu ne devrais pas être à l'école ? lui demandai-je en continuant à étudier la poissonnerie.

– Mon père a engagé un précepteur, répondit-il.

– Ah, commentai-je. Tu dois bien t'ennuyer.

– Pour ton information, les leçons de M. Derrière sont très intéressantes.

– Si intéressantes que tu as l'intention de rester là à me fixer toute la matinée ?

– Je ne sais pas. Je pourrais, s'enflamma-t-il en croisant les bras. Pourquoi, tu as quelque chose à cacher ?

À ce moment-là, la deuxième raison pour laquelle je n'aimais pas mettre les pieds dans le Marais sortit de la poissonnerie. C'était Vincent, le neveu de M. Sirop, qui avait seize ans et des bras gros comme des fûts de vin.

À en juger par le seau qu'il transportait, il allait livrer du poisson à un restaurant du quartier. J'avais une dizaine de minutes pour m'introduire dans l'arrière-boutique et trouver la broche. Mais d'abord, je devais me débarrasser de ce fouineur de Ganimard et je ne savais pas comment faire. Je décidai de l'ignorer en espérant que cela suffise.

Je traversai la route en faisant attention à ne pas me faire renverser par les omnibus et les fiacres. Puis je me faufilai dans la ruelle sur laquelle donnait l'arrière de la poissonnerie.

– Où vas-tu ? me demanda Ganimard en se traînant derrière moi.

– Écoute, joli cœur, commençai-je en me retournant. Je te conseille de rentrer dans ton bel appartement de la place des Vosges si tu ne veux pas risquer de te faire mal.

– Comment sais-tu où j'habite ? s'inquiéta-t-il.

Tous les voleurs de Paris savaient où vivait l'inspecteur, mais il valait mieux que son fils ne le découvre pas.

– J'ai mes méthodes, répondis-je d'un air mystérieux. Maintenant, va voir ailleurs si j'y suis.

– Hors de question, s'obstina-t-il. Je viens avec toi. Et si tu fais quelque chose d'illégal, sache que tu auras affaire à la loi.

– Je suis terrorisé rien que d'y penser.

Entre-temps, nous étions arrivés à l'arrière de la poissonnerie. La porte était entrouverte. Avant d'entrer, je jetai un coup d'œil à l'intérieur. Comme prévu, il n'y avait personne. Derrière le rideau qui séparait le magasin de l'arrière-boutique, je devinais la silhouette corpulente de M. Sirop. Il était en train de parler à un client tout en mettant un poisson en charpie avec son couperet.

Je scrutai l'aquarium, les seaux remplis de glace et la table sur laquelle s'entassaient des rougets et des daurades. La broche était là, quelque part. À condition que M. Sirop ne l'ait pas déjà démontée pour fondre l'or et revendre les rubis.

– Ça sent vraiment mauvais, se plaignit Ganimard en se bouchant le nez.

– Quel flair, commentai-je. Tu es sur la bonne voie pour devenir policier. Puisque tu es là, rends-moi service : siffle si quelqu'un arrive.

– Jamais de la vie. Je ne t'aiderai pas.

– Ah, j'ai compris, dis-je en le regardant. Tu ne sais pas siffler. Cela ne me surprend pas de la part de quelqu'un comme toi !

– Quoi ? s'exclama Ganimard. Bien sûr que je sais siffler !

– Parfait.

– Eh, attends ! Je n'ai pas dit que...

J'entrai dans l'arrière-boutique sans écouter ses

protestations. Le couperet de M. Sirop continuait à s'abattre sur le comptoir avec un bruit sinistre. En me déplaçant avec précaution, j'atteignis les seaux et fouillai dans la glace.

Elle n'est pas ici, conclus-je en hâte.

J'étais sur le point d'examiner les poissons sur la table quand j'entendis M. Sirop dire à son client : « De la rascasse pour la bouillabaisse ? Mais bien sûr. Attendez ici, je vais la chercher et je reviens. »

Mince !

Je me glissai rapidement sous l'aquarium en me recroquevillant contre le mur. M. Sirop entra dans l'arrière-boutique. De ma position, je voyais son pantalon taché de sang et l'énorme couteau qu'il portait à la ceinture. D'après les légendes, il avait coupé les doigts de plus d'un pêcheur coupable de l'avoir berné. Que ferait-il s'il surprenait un voleur dans sa boutique ? Il valait mieux ne pas y penser.

M. Sirop commença à fouiller parmi les poissons sur la table sans remarquer ma présence. Quand il trouva la rascasse, il lui retira la tête et les viscères et jeta les déchets par terre. Des morceaux d'entrailles rebondirent sur le carrelage et atterrirent sur mon bras. Je priai pour que l'homme parte vite, mais je l'entendis murmurer : « Où ai-je mis ma pince ? »

Je regardai avec horreur la pince qui pendait devant mon visage.

Mais à quoi peut-elle bien lui servir ? pensai-je. *Que veut-il encore faire subir à ce pauvre poisson ?*

– Ah, la voici, dit M. Sirop en se tournant vers l'aquarium.

Une main sale aux ongles ensanglantés s'approcha de moi. J'étais sur le point d'être découvert…

BOUM, BOUM, BOUM !

– Police ! Ouvrez ! Ouvrez tout de suite !

M. Sirop retira son bras.

– Que se passe-t-il ? lâcha-t-il avant d'aller ouvrir la porte. Mais tu es qui, toi ?

– Justin Ganimard, répondit mon acolyte après s'être éclairci la voix. Je fais des contrôles.

À la mention du nom de l'inspecteur, M. Sirop changea d'attitude.

– Des contrôles ?

– Oui. Des contrôles sanitaires, répondit Ganimard d'un ton assuré. Il y a eu plusieurs cas d'intoxication ces dernières semaines dans le quartier. Nous essayons d'en trouver la source. Pouvez-vous me fournir une liste de tous les restaurants auxquels vous livrez votre marchandise habituellement ?

Ce diable de Ganimard ! pensai-je. *Il devrait être comédien, pas policier.*

– Et si je ne l'ai pas ? demanda M. Sirop après avoir hésité un instant.

– Il faudra que je revienne plus tard avec une

équipe pour une inspection sanitaire très approfondie.

La dernière chose dont M. Sirop avait besoin, c'était que des policiers mettent sa boutique sens dessus dessous.

– Ce ne sera pas nécessaire. La liste est de l'autre côté.

– Très bien, montrez-moi le chemin.

M. Sirop et Ganimard disparurent derrière le rideau. Il n'y avait pas un instant à perdre. Je sortis de ma cachette et j'examinai rapidement les poissons à l'odeur nauséabonde qui se trouvaient sur la table. Loin d'être frais, ces poissons étaient là depuis des jours. Je les tâtai un par un.

Je sais que tu es là. Allez, sors de là, maudite broche…

Quelque chose de brillant apparut dans l'estomac d'un poisson. Je fourrai mes doigts dans les boyaux visqueux de l'animal et en extirpai… un collier de perles.

Tu es joli, mais tu ne m'intéresses pas, pensai-je en remettant le bijou à sa place.

J'ouvris la bouche d'un autre poisson et glissai l'index à l'intérieur en essayant de ne pas me blesser sur ses dents pointues.

La voici !

Je poussai un soupir de soulagement en extirpant

la broche de la bouche du poisson. Je la fourrai dans ma poche, prêt à…

– Enlève tes pattes de ce rouget, voleur !

Je me retournai. Le gigantesque Vincent Sirop était posté sur le seuil de l'arrière-boutique, jambes écartées. Ses énormes mains formaient des poings serrés et l'expression de son visage était celle d'un taureau prêt à charger. Nous nous fîmes face en silence pendant un long moment, tous deux indécis sur le premier mouvement à faire. Puis, sans trop réfléchir, je plongeai les mains dans l'aquarium, où une pauvre langouste se débattait dans quelques centimètres d'eau. Je la pris et la lançai à la tête de mon adversaire. L'impact entre la carapace et l'os de son nez fut terrible. Un flot de sang gicla de ses narines et le malheureux se plia en deux de douleur. Je l'enjambai d'un bond et m'échappai dans la ruelle.

Vincent savait que son oncle se servirait du couperet contre lui s'il découvrait que je lui avais soufflé la broche. Je le retrouvai ainsi à mes trousses, éparpillant son sang et ses jurons.

– Au voleur !

J'essayai de le semer en m'engageant dans une rue où se tenait un marché.

– Pardon, pardon… Excusez-moi, madame… Vous avez de bien beaux œufs !

– Rustre ! me hurla la paysanne quand son panier finit par terre.

En me retournant, je vis que Vincent avait glissé sur l'omelette. Je réussirais peut-être à...

– Aïe !

Je trébuchai sur une cagette de fruits et tombai dans une avalanche d'oranges et de poires. Je n'eus pas le temps de comprendre quoi que ce soit : Vincent m'avait rattrapé. Sans plus de cérémonie, il me flanqua un coup de poing sonore sur la joue.

– Rends-moi la broche *dou de suide*, me menaça-t-il. Ou je *de* casse la *dêde*...

– Te voilà, canaille !

Un homme à l'accent campagnard immobilisa Vincent en l'attrapant par le bras. C'était l'occasion pour moi de lui rendre son coup : je n'en aurais jamais de plus belle.

– Qu'est-ce que tu attends, mon garçon ? entendis-je quelqu'un crier. Mets-lui une raclée !

Je serrai le poing et visai, mais...

– Viens avec moi, maintenant, tu vas rembourser tous les œufs de ma femme ! s'exclama le paysan en traînant Vincent derrière lui.

– Ce n'est pas ma faute ! hurla Vincent. C'est lui !

Mais j'étais déjà bien loin.

Chapitre trois

Le retour de Maître Moustache

Quand je descendis de l'omnibus place Pigalle, la nuit était déjà bien avancée, mais le quartier était plein de vie. Au milieu de la place, deux ivrognes se disputaient une bouteille de champagne vide. Je m'arrêtai pour les observer se frapper gauchement, sans aucune grâce. Même dans ces conditions, ils semblaient plus doués que moi pour se battre. Comme on l'aura compris, moi, je n'en avais jamais été capable. Ce n'était pas une question de morale : dans certains milieux, en venir aux mains était le seul moyen de survivre. Mais je n'en avais jamais eu besoin. À l'orphelinat, j'étais celui qui procurait de la nourriture à tout le monde, si bien qu'aucun des orphelins, même ceux qui étaient plus grands que moi, ne s'était jamais permis de me provoquer. Et dans la rue, je réussissais toujours à m'en sortir grâce à ma langue bien pendue. Mais je devais avouer que si le vendeur d'œufs ne m'avait pas débarrassé de

Vincent, je me serais probablement retrouvé avec un œil au beurre noir, ou pire encore.

Je dépassai un bistrot bondé et enjambai une clocharde allongée sur le trottoir. Un mendiant insultait un fiacre lancé à toute allure le long du boulevard de Clichy ; il avait failli lui couper le pied. Je traversai la route en bâillant. La journée avait été particulièrement intense. Après avoir remis la broche au commissariat pour innocenter le fils Forge, j'avais attendu que Mme Malaquais me rende les vêtements que j'avais utilisés ce matin-là à l'Exposition. Je les avais ensuite rapportés au grand magasin La Belle Jardinière où je les avais remis à leur place comme s'ils n'avaient jamais quitté les étagères. J'avais vraiment hâte d'arriver chez moi pour profiter d'une bonne nuit de sommeil.

Mais, quand La Fourche apparut, je compris que mon envie de dormir allait devoir attendre, car la situation semblait critique.

Les enfants de La Fourche avaient encerclé deux étrangers, une petite fille blonde d'environ douze ans et un garçon d'à peu près mon âge. Ils étaient tous deux vêtus de manière excentrique : elle arborait un habit rouge feu orné de glands dorés tandis qu'il portait un pantalon de futaine, un gilet sur son torse nu et des bottes à pointe de fer.

Rémi le Rongeur, qui passait d'habitude son temps à crier contre la bande de petites canailles du quartier, profitait du spectacle, confortablement allongé sur son baril, un doigt dans le nez.

En moins de temps qu'il n'en faut pour le dire, les deux malheureux furent fouillés de la tête aux pieds.

– Non, arrête ! s'exclama la fille quand quelqu'un lui ôta le bracelet qu'elle portait au poignet.

Je l'observai : elle était petite et mince et ses cheveux blonds étaient ébouriffés comme les plumes d'un coq de combat.

– Rends-le-moi !

– Tu vas faire quoi, sinon ? la provoqua Marie Forge.

La blonde agita le poing sous le nez de son adversaire.

– Si tu crois que j'ai peur de toi, tu te trompes complètement !

Mais quel caractère ! pensai-je en riant doucement. Puis Alec Forge eut la bonne idée de s'agripper à la jambe du garçon pour le faire tomber et je décidai d'intervenir.

– Marie, Alec, arrêtez ! m'exclamai-je en débouchant du coin de la rue. Ça suffit, allez dormir. Pas toi, Pierre : rends-lui tout de suite ce bracelet.

– Mais, Lupin… tenta l'enfant en cachant ses mains sales derrière son dos.

– J'ai dit *tout de suite.*

En soufflant, Pierre tendit le bijou à la fille qui s'en saisit avec colère.

– Merci bien.

Les enfants se dispersèrent. Certains entrèrent dans La Fourche, d'autres allèrent se réfugier dans un sous-sol.

Je regardai Rémi, dont l'index était toujours enfoncé dans les méandres de son nez.

– Tu t'es bien amusé ?

– À vrai dire, oui, répondit-il sans la moindre honte. On fouille tous les étrangers. C'est la règle. Pour ce qu'on en sait, ces deux-là pourraient être des espions des flics.

– Habillés comme ça ? Les flics n'ont pas autant d'imagination, Rémi, répliquai-je. Je m'occupe d'eux. Va dormir.

Rémi sauta du baril et, sans cesser de se curer le nez, entra dans La Fourche en sifflant.

Je regardai les deux inconnus.

– Qui êtes-vous ?

La fille ne me répondit pas et me dévisagea de la tête aux pieds.

– C'est bien toi, Lupin ?

– Jusqu'à preuve du contraire.

– Je m'attendais à ce que tu sois plus…

– Plus ?

– Plus, c'est tout.

Un sourire m'échappa. Cette petite blonde avait du caractère.

– Désolé de te décevoir, mais je suis tout entier devant toi. Tu veux bien me dire qui vous êtes, maintenant ?

– Je m'appelle Clarisse, répondit-elle. Lui, c'est Cyrano, mon cousin.

– Vous travaillez au cirque ?

– Oui, au cirque d'Hiver, répondit Clarisse en fronçant les sourcils. Comment le sais-tu ?

– Grâce aux bottes de dompteur et aux bracelets de gitane.

Je m'assis sur le baril de Rémi après avoir vérifié qu'il n'y avait pas de traces de crottes de nez (ou pire).

– Alors, qu'est-ce qui vous amène ici ?

– Nous voulions te parler, répondit Clarisse. Nous cherchons des informations.

– Sur ?

– Sur son frère Cyrille, expliqua Clarisse en montrant Cyrano du doigt. Il a été enlevé il y a deux jours.

– Et pourquoi devrais-je être au courant de quoi que ce soit ?

– Tu vois ? s'exclama Cyrano, une note de triomphe dans la voix. Je te l'avais dit, que ce serait une perte de temps. Il vaut mieux qu'on donne des sous à ce type. Allez, viens. Il sera peut-être encore là.

– Une seconde, les arrêtai-je. Quels sous ? Quel type ?

– Quand Cyrille a disparu, soupira Clarisse, nous sommes allés au commissariat. Mais l'inspecteur… Je ne me souviens pas de son nom…

– Ganimard ? hasardai-je.

– Oui, voilà. Il nous a dit qu'il n'enquêterait pas parce que, d'après lui, c'est une « disparition volontaire ».

– Balivernes, intervint Cyrano, agressif. Cyrille ne serait jamais parti sans rien dire.

– Nous avons eu comme l'impression que l'inspecteur voulait étouffer l'affaire, tu comprends ? reprit Clarisse. Alors nous sommes partis à la recherche d'un criminel à qui demander des informations…

– Attends un peu, l'arrêtai-je. Vous avez fait *quoi* ?

– Je sais que ça paraît stupide, mais nous ne savions pas quoi faire ! protesta-t-elle en s'animant. Il y a quelques heures, nous avons rencontré un type qui affirmait avoir des renseignements sur l'enlèvement, mais il a dit qu'il ne parlera qu'après avoir été payé.

– Tiens donc, quelle surprise. Et le nom de cette âme charitable… ?

– Lambert.

– Tout s'explique. Où l'avez-vous rencontré ?

– Au tripot de Mme Anglais, répondit Cyrano.

De pire en pire.

– Écoutez, je ne sais pas comment vous avez trouvé cet endroit, mais c'est un miracle que vous en soyez sortis vivants. C'est le tripot le plus malfamé de toute la ville. Et vous savez comment on appelle Lambert par ici ? *Lambert le Lombric.* C'est l'un des êtres les plus faux et hypocrites qui existent. Vous ne l'avez pas payé, au moins ?

– Non, répondit Clarisse. Il était en train de négocier son prix quand nous avons entendu quelqu'un parler de toi.

– Il chantait mes louanges ?

– Pas vraiment, intervint Cyrano.

– Cette personne disait que tu es un voleur bien comme il faut… répliqua Clarisse en décochant un regard noir à son cousin.

– Comme si ça existait ! éclata Cyrano.

– … qui aide ceux qui en ont besoin, poursuivit Clarisse. Et comme pour l'instant personne n'a voulu nous aider, nous avons pensé que…

– Je le ferais peut-être, conclus-je. Je suis désolé, mais vous vous êtes trompés de personne. Je ne sais rien.

– Tu es sûr ? insista Clarisse. Cyrille est assez connu. Il est mécanicien chez Peugeot. Il a disparu il y a deux jours alors qu'il montait des moteurs à la galerie des Machines, là-bas, à l'Exposition. Tu as dû entendre parler du tricycle à vapeur, non ? Cyrille est l'un de ses inventeurs. Tous les journaux en ont parlé.

– Tant mieux pour lui, commentai-je en sautant du baril. Mais, comme je vous l'ai dit, je ne sais rien. Je vous souhaite bonne chance.

Je me dirigeai vers la porte d'entrée en bâillant.

– Attends ! s'exclama Clarisse en me suivant.

Il n'y avait pas à dire, la ténacité de cette fille était inversement proportionnelle à sa stature.

– Dis-nous au moins où nous pourrions le chercher, poursuivit-elle.

– Je crois que tu me surestimes. Je n'ai aucune idée de l'endroit où…

– Clarisse, parle-lui du symbole, intervint Cyrano.

– Ah, c'est vrai ! s'exclama-t-elle. J'oubliais. Le ravisseur a laissé sa signature sur la boîte à outils de Cyrille.

– Sa signature ? demandai-je en ralentissant. Quelle signature ?

– Une moustache noire.

– Une moustache, tu as dit ? l'interrogeai-je en m'arrêtant.

– Oui, confirma Clarisse en me regardant, pleine d'espoir. Ça te dit quelque chose ?

– Non, répondis-je après un instant de silence en secouant la tête.

– Mais…

J'entrai dans La Fourche et refermai la porte derrière moi. Puis je montai l'escalier en courant : mon envie de dormir s'était envolée comme un nuage de fumée. Chez moi, je bondis sur la table au milieu de la pièce qui servait aussi bien d'entrée que de salon, de cuisine et de chambre. J'ouvris la trappe cachée entre les poutres du plafond et en tirai une échelle de corde. Je grimpai et arrivai dans la Tourelle, mon repaire secret. J'allumai la lampe à pétrole posée par terre avant de m'allonger sur mon vieux canapé défoncé. Puis, les mains derrière la tête, je fixai le mur tapissé d'articles. La plupart des entrefilets étaient accompagnés d'une photo ou d'un dessin qui représentaient tous la même chose : une épaisse moustache noire.

Si ce qu'avait dit Clarisse était vrai, cela ne pouvait vouloir dire qu'une chose : Maître Moustache était de retour.

Chapitre quatre

Échec à l'inspecteur

Le jour suivant, à l'aube, Mme Malaquais me trouva assis devant la vitrine de sa blanchisserie, la tête calée entre les genoux.

– Je vois qu'on s'est bien amusé, cette nuit, commenta-t-elle quand je levai la tête. Tu as les yeux aussi gonflés que des prunes mûres.

Je me levai en bâillant pour aider Mme Malaquais à ouvrir la boutique. Puis je me faufilai à l'arrière et me laissai tomber sur une montagne de sacs pleins de linge à laver. J'étais resté éveillé jusqu'au milieu de la nuit pour étudier tous les articles que j'avais glanés sur Maître Moustache au cours des deux ans et demi passés. Quand, épuisé, je m'étais décidé à dormir un peu, j'avais été tourmenté par des cauchemars qui se terminaient tous sur l'écho des mots qu'avait prononcés Léon cette nuit maudite : *Lupin ! Au secours ! Je ne veux pas disparaître moi aussi !*

Pour finir, résigné, j'étais allé attendre l'ouverture de la blanchisserie.

– Alors ? Qui veux-tu devenir aujourd'hui ? me demanda Mme Malaquais, la pipe à la bouche, un châle noir ondulant autour de ses pieds.

Face à ma réponse, elle souffla une longue bouffée de fumée et sourit. Plus mes requêtes étaient étranges, plus Mme Malaquais s'amusait à les satisfaire.

– C'est faisable. Claudine ! Camille ! Venez ici !

Deux assistantes de Mme Malaquais accoururent aussitôt. Elles avaient environ seize ans, des joues rougies par les vapeurs bouillantes, des mains gercées par le savon et des avant-bras marqués par les brûlures des fers à charbon.

– Oui, madame ? demandèrent-elles en chœur.

Leur patronne fit une liste de tout ce dont elle avait besoin et les deux jeunes filles s'échappèrent pour aller prendre le nécessaire. À leur retour, Mme Malaquais se mit à l'œuvre et mon agonie commença.

– Ça brûle !

– Tu t'attendais à quoi ? Maintenant, tais-toi.

– Aïe ! Mes cheveux ! Doucement avec la brosse !

– Silence.

– Pas de fard !

– Si.

Après quinze minutes de souffrances mutuelles, Mme Malaquais me chassa de sa boutique. Quand je m'examinai dans le reflet d'une vitrine, je ne pus que constater qu'elle s'était vraiment dépassée cette fois. Avec cette fausse barbe, ces lunettes et ce maquillage, personne n'aurait imaginé qu'un agile garçon de quatorze ans se cachait derrière ce vieillard titubant.

– Monsieur, puis-je vous aider à traverser la route ? me demanda une dame quand elle me vit immobile sur le trottoir.

Je souris et lui tendis le bras. J'étais prêt à entrer en scène.

*

– Inspecteur Ganimard ? Ce monsieur veut vous parler. Il dit qu'il a des informations sur une affaire.

– Fais-le entrer.

– Je vous en prie, entrez. Rappelez-moi votre nom ?

– Octave Couret, répondis-je au jeune policier qui m'avait guidé dans le commissariat sans avoir le moindre soupçon sur ma véritable identité.

Je saluai l'inspecteur Ganimard, copie conforme de son fils avec une vingtaine d'années en plus et pas mal de cheveux en moins. Il avait la réputation d'être un homme très intègre, complètement sourd aux tentatives de corruption des grands criminels de la ville qui essayaient parfois de l'acheter. La pièce était le reflet parfait de son caractère : spartiate, ordonnée et immaculée.

Assis derrière son bureau, l'inspecteur m'adressa un regard distrait.

– Je vous en prie, asseyez-vous.

Je m'assis face à lui en feignant de boiter avant de simuler une féroce quinte de toux grasse.

– Voulez-vous quelque chose à boire pour la toux ? demanda l'inspecteur.

– Ils vous ont pris le *fou* ? Ah, quelle malchance ! Quand on vous prend le fou, c'est qu'on est sur le point de faire échec et mat.

– Antoine, soupira l'inspecteur, apporte un verre d'eau à M. Couret.

– Oui, monsieur.

– Alors, monsieur Couret, commença l'inspecteur après le départ du policier, quelles sont les informations dont vous souhaitez me faire part ?

– Il se promène avec un poulet ! déclarai-je en agitant les poings en l'air.

– Qui ? sursauta l'inspecteur.

– Maître Moustache.

– Un poulet… répéta l'inspecteur Ganimard en se passant une main sur le visage.

– Un poulet ? demandai-je.

– C'est vous qui le dites.

– Qui dis quoi ?

– Poulet !

– Et qu'est-ce qu'il fait, ce poulet ?

– Vous me le demandez, à moi ? Que voulez-vous que j'en sache ?

– Alors, il faudrait le lui demander à lui.

– À qui, au poulet ?! s'étonna l'inspecteur.

– Mais non, à Maître Moustache !

– Monsieur Couret, reprit l'inspecteur en secouant la tête, Maître Moustache est une invention des journaux, il n'existe que sur le papier…

– Vous sentez des *pieds* ? Ah, eh bien, vous pourriez essayer le bicarbonate. On dit que cela fait des miracles contre les mauvaises odeurs.

– Non, monsieur Couret, j'ai dit…

À ce moment-là, la porte s'ouvrit.

– Papa ?

– Oh, bon sang… s'impatienta l'inspecteur en regardant derrière moi. Justin, tu ne vois pas que j'ai à faire ?

Je me retournai. Justin Ganimard se tenait sur le seuil de la porte, une expression mortifiée sur le visage. Je ne l'avais pas vu depuis notre petite aventure à la poissonnerie de M. Sirop, la veille. J'étais surpris de voir qu'il s'en était sorti avec toutes les phalanges encore au bon endroit. J'avais peut-être sous-estimé ses capacités de survie.

– Je suis désolé de te déranger, mais il y a un

problème avec le classement des documents. Je me suis trompé dans l'ordre des fiches et je n'arrive plus à…

– J'arrive, j'arrive, dit l'inspecteur en se levant. De grâce, ne touche plus à rien, sinon tu vas mettre les archives sens dessus dessous. Monsieur Couret, pouvez-vous m'excuser quelques minutes ?

– Mais bien sûr, répondis-je.

Ganimard l'ancien et Ganimard le jeune sortirent de la pièce en refermant la porte derrière eux. C'était le moment de passer à l'action. Je me levai et passai rapidement en revue les dossiers empilés sur le bureau de l'inspecteur. Certains concernaient des criminels que je connaissais de vue, d'autres, en revanche, des personnes qui m'étaient très proches, comme les Forge. Même si le temps était compté, j'ouvris leur dossier pour en examiner le contenu. Je fis disparaître leur portrait-robot et certaines informations sur leurs enfants.

Il n'y a rien sur Maître Moustache ici, conclus-je finalement.

Je me penchai pour examiner les tiroirs du bureau. Ils étaient tous ouverts, sauf un, et la clef n'était pas dessus. Je pris un crayon, glissai la pointe dans la serrure et m'efforçai de la faire sauter.

– Monsieur Couret, voici votre eau…

La porte du bureau s'ouvrit soudain en grand et le policier qui avait quitté la pièce quelques minutes plus tôt entra, un verre à la main.

– Mais que faites-vous ? demanda-t-il quand il me vit à quatre pattes sous le bureau.

– Mes lunettes, balbutiai-je. Elles sont tombées… Ah, les voici !

Le policier me dévisagea, plein de soupçons. Mais, à ce moment-là, des cris furibonds éclatèrent de l'autre côté du commissariat. Un clochard arrêté pour Dieu sait quel crime essayait de s'enfuir par une fenêtre en brandissant un parapluie cassé. Le policier sortit en courant pour aller prêter main-forte à ses collègues, me laissant seul.

Il s'en est fallu de peu, pensai-je en essuyant la sueur sur mon front. Je me concentrai de nouveau sur le tiroir et me remis au travail. *Allez, ouvre-toi. Ouvre-toi, satané tiroir…*

– Enfin, Justin, ce n'est quand même pas si difficile d'organiser un classement ! entendis-je s'exclamer l'inspecteur Ganimard. Rentre à la maison, tu as fait assez de dégâts pour aujourd'hui.

Dépêche-toi, Lupin, m'exhortai-je. *Dépêche-toi !*

Le tiroir s'ouvrit.

La poignée de la porte s'abaissa.

– Monsieur Couret ! s'exclama l'inspecteur.

– Oui ? fis-je, l'air innocent, comme si je ne m'étais jamais levé de ma chaise.

– Vous ne l'avez pas encore bu ? me demanda-t-il

en indiquant le verre d'eau. Vous aviez l'air sur le point d'étouffer, il y a quelques minutes.

– Ah oui, c'est vrai, dis-je en me penchant pour prendre le verre.

Je bus l'eau d'un seul trait. Le dossier volé s'enfonçait dans mes côtes.

– Votre fils est parti ?

– Oui, répondit l'inspecteur. Après avoir semé le chaos dans les archives. Mais enfin, est-ce si difficile d'organiser des fiches par ordre alphabétique ? Oh, mais pourquoi je vous parle de tout cela ?... Écoutez, si vous n'avez rien d'autre à me dire, je vous prierais de me laisser seul. J'ai une pile de travail colossale.

– Bien sûr, bien sûr, vous avez la *gale*.

Je pris congé de l'inspecteur et me dirigeai vers la sortie. Dès que je fus dans la rue, je m'éloignai rapidement du commissariat en me mêlant à la foule dense du boulevard des Italiens.

J'enlevai mon déguisement tout en continuant de marcher. Plus de barbe, plus de lunettes et plus de cravate : je rangeai tout dans un sac que je mis sur mon dos. Je fis une brève halte à une fontaine pour enlever le fard de mon visage, et voilà : Lupin était de retour.

Je sautai dans un omnibus et rejoignis le XIe arrondissement. Là, je me dirigeai vers le cirque d'Hiver. L'entrée du grand édifice circulaire étant verrouillée, je fis le tour vers l'arrière, où se trouvaient les abris des animaux et les roulottes des artistes.

Assises sur les marches de la porte de derrière, deux femmes étaient occupées à astiquer des sabres. La première avait une longue barbe qui lui descendait jusqu'au nombril, la deuxième la peau blanche comme un linge et les pupilles rouges.

– Tu t'es perdu, mon garçon ? me demanda celle avec la barbe.

– Bonjour à vous, madame, dis-je en m'inclinant après avoir ôté mon chapeau.

– Mais regardez-moi ce gentleman ! ricana la femme au visage pâle. On n'en voit pas très souvent par ici.

– Non, c'est vrai, confirma l'autre. Tu es là pour voir les éléphants ? Si tu veux, on peut te faire entrer ni vu ni connu, mais ça va te coûter cher.

– Rien de tout cela, dis-je en remettant mon chapeau. Je cherche Clarisse et Cyrano. Pouvez-vous m'aider ?

La femme à barbe me dévisagea un instant, indécise.

– Viens avec moi.

Elle pénétra dans l'édifice et je la suivis. Nous parcourûmes un dédale de couloirs sombres et de petites pièces remplies d'accessoires. Nous débouchâmes enfin dans le cirque lui-même, un énorme espace circulaire dont les parois incurvées étaient bordées de gradins. Et au centre, sous la coupole, se tenait Cyrano en compagnie d'un éléphant gigantesque. Clarisse était debout sur le dos de l'animal. Quand Cyrano ordonna « Bastian, lève-toi ! », l'éléphant se mit sur ses pattes arrière et Clarisse plongea dans le vide avant de faire une cabriole en l'air et d'atterrir sur ses deux pieds.

J'applaudis avec fougue, enthousiasmé par la performance. Ce n'est qu'à ce moment-là que Cyrano et Clarisse se rendirent compte de ma présence.

– Qu'est-ce que tu fais là, toi ? demanda tout de suite Cyrano en s'approchant de moi.

– Il est toujours de si bonne humeur ? répliquai-je en regardant Clarisse.

Elle ricana et la femme barbue nous laissa seuls, satisfaite de voir que je n'étais pas un inconnu.

– Sérieusement, insista Cyrano. Qu'est-ce que tu viens faire ici ?

– Tiens, répondis-je en lui lançant le dossier volé au commissariat.

– Et c'est quoi, ça ? demanda-t-il en l'attrapant au vol.

– Le rapport de la police sur l'homme qui a enlevé Cyrille.

– Attends, commença Cyrano en me lançant un regard plein de soupçons. Hier soir, tu as dit que tu ne savais rien, et maintenant tu te présentes ici avec ça ?

Je haussai les épaules.
– Merci, intervint Clarisse en me souriant. C'est gentil. Mais ça veut dire que… tu vas nous aider à trouver Cyrille ?
– Oui.
– Formidable !
– Jamais de la vie ! explosa Cyrano. Clarisse, il y a quelques heures, ce type nous a traités comme des chiens, comme si son temps était trop précieux pour des gens comme nous. Je ne te fais pas confiance, *voleur*, conclut-il en se tournant vers moi.
– Cyrano ! le reprit Clarisse.
– Quoi ? Ce n'est que la vérité. C'est un voleur, Clarisse. Ne l'oublie pas.
– Tu as fini ? demandai-je.
– Je commence à peine ! répondit-il.
Clarisse soupira et se plaça devant Cyrano, comme si elle voulait faire oublier sa présence. C'était une scène plutôt comique étant donné que son cousin la dépassait de cinquante centimètres.
– Tu veux bien jeter un coup d'œil au contenu du rapport avec nous ? proposa-t-elle.
– Avec plaisir.
– Incroyable… grommela Cyrano en écartant les bras.
Clarisse lui lança un regard noir avant de lui prendre le dossier des mains.

– Allons nous asseoir là-haut, dit-elle en indiquant les gradins.

– Je vous en prie, mademoiselle, fis-je en m'inclinant pour la laisser passer. Après vous.

Clarisse m'adressa un de ses doux sourires.

Et Cyrano un de ses regards assassins.

CHAPITRE CINQ

Un étrange enlèvement

– Je n'y crois pas ! grommela Cyrano. Voilà pourquoi la police veut étouffer l'affaire de l'enlèvement de Cyrille : elle ne sait pas par où commencer.

Clarisse parcourut le contenu du dossier d'un air tout aussi déçu.

UN MYSTÉRIEUX INCENDIE FAIT QUATRE MORTS

Paris, 25 février 1887

La nuit dernière, la mairie du IIIe arrondissement a été ravagée par un terrible incendie qui a fait quatre victimes. Les autorités précisent que l'incendie est d'origine criminelle et qu'elles sont à la recherche du responsable. Le dessin d'une moustache, réalisé à la peinture noire, a été retrouvé sur la façade de l'édifice : peut-être la signature du mystérieux pyromane ?

CLAIR DE LUNE
NOUVELLE CRÈME POUR FEMMES PARFUM DÉLICAT
Salon Bellarose – 23, rue Caradosse, Paris

Prêt à-porter Blanche
Linge et trousseaux réalisés à la main
22, rue Royale, Paris

Depuis 1798
Chocolat Miron
Pralines, fruits confits, dragées
11, bd de la Seine
Paris

CHEMISERIE LÉONARD
PRIX ABORDABLES
76, rue de Salle, Paris

MOUSSE À RASER PRESTIGE
Parfumeurs Berger
98, boulevard de Clichy, Paris

– Ce ne sont que de vieux articles de journaux, remarqua-t-elle en prenant un document. Celui-ci parle d'un incendie.

Clarisse passa l'article à son cousin, qui le regarda comme si la presse écrite était le nouveau mal du siècle. Elle en prit un autre dont le titre était « Vol dans un prestigieux atelier ». Elle commença à lire à voix haute :

– « Paris, 12 novembre 1888. L'élégante boutique de mode Le Grand Mogol, fondée en 1770 par Mme Bertin, célèbre modiste de la famille royale, a été victime d'un mystérieux cambriolage. Le voleur, en effet, ne s'est emparé ni de vêtements ni de chaussures, mais du tableau accroché à l'entrée de la boutique. Comme si cela ne suffisait pas, il aurait inexplicablement barbouillé le mur où se trouvait le tableau en y peignant une étrange moustache noire. Le bruit court que la responsable serait Mme Angelina, la propriétaire de la boutique Le Petit, qui cherche à prendre la place du Grand Mogol depuis des années. »

– Un magasin de vêtements ? commenta Cyrano en faisant la grimace.

– *Chut !* le fit taire sa cousine. Écoute celui-là : « De mystérieux vandales s'en prennent à l'obélisque de la place de la Concorde. »

Elle parcourut rapidement le nouvel article.

– Ils expliquent qu'à l'aube du 8 mai 1887, des vandales non identifiés ont arraché des frises de l'obélisque avant de les barbouiller de peinture noire.

– Quel ramassis de bêtises, grommela Cyrano. Et c'est le mieux que la police peut faire ? Cela ne m'étonne pas que la ville soit en train de sombrer.

– Tu n'as pas l'air surpris, Lupin, remarqua Clarisse.

– J'avais déjà lu ces articles.

– Alors tu as une théorie sur ce Maître Moustache ? me demanda Cyrano en se penchant vers moi. C'est quoi ce nom, d'ailleurs ?

– Si j'avais une théorie sur lui, je ne serais pas ici, répondis-je. Je peux ? demandai-je ensuite à Clarisse.

Elle me passa le dossier et je réexaminai tous les papiers qui se trouvaient à l'intérieur. Il n'y avait rien que je ne sache déjà. Était-il possible que la police tâtonne à ce point ?

– Un instant, murmurai-je.

Quelque chose venait d'attirer mon attention. Je sortis un papier qui m'avait jusque-là échappé.

– On a le signalement de la disparition d'un certain Anselme Montel, ici.

– Et c'est qui ? demanda Cyrano. Un autre mécanicien ?

– Non, répondis-je.

Je lus rapidement le contenu du document.

– Anselme Montel, soixante-douze ans, professeur de chimie à l'université de la Sorbonne. Disparu dimanche 5 mai de son appartement rue Monge.

– Alors Maître Moustache aurait d'abord enlevé Cyrille, puis ce professeur ? demanda Cyrano.

– On dirait bien, répondis-je.

– Et à quoi ça lui sert, un mécanicien et un chimiste ?

– Je n'en ai pas la moindre idée, déclarai-je en me levant. Mais c'est ce que je veux découvrir.

Le dossier sous le bras, je commençai à descendre les gradins.

– Attends, tu vas où avec *mon* dossier ? lança Cyrano en me suivant.

– Il y a quelque chose qui cloche, répondis-je, pensif. Maître Moustache n'a jamais enlevé personne par le passé. Et là, en l'espace de quelques jours, il enlève non pas un, mais *deux* hommes. Qui, au moins en apparence, n'ont rien à voir l'un avec l'autre.

– Et alors, qu'est-ce que tu comptes faire, petit génie ? demanda Cyrano alors que nous sortions du cirque pour nous retrouver sous le chaud soleil de mai.

– C'est simple, répliquai-je en me retournant pour lui sourire. J'ai l'intention de m'introduire dans l'appartement d'Anselme Montel.

*

D'après la police, Anselme Montel vivait au numéro 27 de la rue Monge, une adresse tranquille et résidentielle du Ve arrondissement.

– C'est là, dit Cyrano en indiquant le portillon rouge d'un immeuble élégant.

Nous nous approchâmes du bâtiment. Je sortis de la poche intérieure de ma veste le passe-partout qui remplaçait depuis quelques années ma fidèle épingle à cheveux. Je m'attaquai à la serrure. Le portillon s'ouvrit sans peine et nous nous faufilâmes rapidement dans le hall.

L'intérieur était frais et silencieux. Je retins Cyrano, qui se dirigeait déjà vers l'escalier, et tendis l'oreille. J'entendis tout de suite des pas sourds au-dessus de nos têtes. Des pas lents de vieil homme. Des pieds enveloppés de pantoufles rembourrées. Ils présentaient peu de danger. Il était peu probable qu'un vieillard s'aperçoive de notre présence.

– Nous pouvons y aller, murmurai-je à mes deux compagnons.

Nous montâmes l'escalier jusqu'au dernier étage, où se trouvait l'appartement de Montel, marqué par une inimitable moustache noire.

– Et s'il y avait quelqu'un dedans ? demanda Clarisse à voix basse.

J'appuyai mon oreille contre la porte.

– L'appartement est vide, mais il faut se dépêcher, déclarai-je. Montel vit peut-être avec sa femme ou une gouvernante.

Je me penchai pour examiner la serrure.

– Ça, je m'en serais bien passé, murmurai-je.

C'était un modèle complexe, formé de deux mécanismes reliés. Je trouvai ce détail suspect : pourquoi un professeur de chimie prendrait-il la peine de protéger son appartement ? D'habitude, ce genre de serrure était utilisé par les bijoutiers, les marchands d'art et les riches bourgeois des Ier et IIe arrondissements.

Ou par les personnes qui avaient quelque chose à cacher.

– Tu penses que tu vas réussir à l'ouvrir ? me demanda Cyrano.

– Absolument.

Je scrutai la serrure encore quelques instants, puis je pris mon passe-partout. Je l'introduisis dans le trou le plus en hauteur et fis trois quarts de tour avant de le retirer.

– Alors ? demanda Cyrano.

Je ne lui répondis pas, mais approchai la clef de la serrure du bas. J'entrai sans effort et poussai un soupir de soulagement : la première partie était derrière moi. Après quelques instants de réflexion, je tournai la clef de sept crans.

Raté.

Je remis la clef en position pour réessayer. Neuf crans.

Encore raté.

– Qu'est-ce qui ne va pas ? demanda Cyrano.

– Elles sont reliées, comprit Clarisse à ce moment-là. Les serrures. Tu as débloqué la première mais pas la seconde. Et tu as presque épuisé toutes tes chances.

– Exactement, confirmai-je en lui souriant.

– On peut défoncer la porte, proposa Cyrano.

– Trop massive, répliquai-je après avoir effleuré la surface et tapoté le bois du bout des doigts.

Je tournai la clef.

Dix crans.

Cyrano et Clarisse se penchèrent pour approcher leur visage de ma main.

– Alors ? dit Cyrano.

– Alors ? fit Clarisse en écho.

J'ôtai le passe-partout de la serrure et abaissai la poignée.

La porte s'était ouverte.

Chapitre six

Boum !

Cyrano et Clarisse se redressèrent et me regardèrent, bouche bée.

– Comment as-tu fait ? murmura Clarisse.

– Il y a des marques autour de la serrure, là, sur la plaque de métal qui l'entoure, répondis-je. Tu les vois ?

– Non, déclara Clarisse après avoir examiné l'endroit que je lui indiquais. Toi, oui ?

– Avec l'expérience, on apprend à les reconnaître, acquiesçai-je. C'est l'ongle de l'index droit de Montel qui les a faites. Quand on ouvre une porte, on effleure presque toujours la plaque de la serrure avec ce doigt, surtout si on a de grandes mains. Je me suis fié à ces repères pour comprendre de combien de crans il fallait tourner la clef.

– Tu es un vrai magicien, déclara Clarisse en me regardant avec admiration.

– Je connais d'autres trucs, répondis-je en haussant les épaules. Si tu veux, je peux te les apprendre…

– Oui, j'aimerais bien... commença Clarisse, le visage rayonnant.

– Toi, tu n'apprends aucun « truc » à ma cousine, s'emporta Cyrano. Et puis, tu n'avais pas dit qu'il fallait se dépêcher ? Entrons au lieu de continuer à perdre du temps.

– Après toi, dis-je en ouvrant grand la porte.

Nous entrâmes prudemment dans l'appartement et traversâmes un vestibule tapissé d'un horrible papier peint gris et rose qui menait à un petit salon.

– Par là, il y a la cuisine, annonça Cyrano.

Clarisse et moi le suivîmes dans la pièce. Elle était petite et se composait d'une table carrée avec deux chaises, d'un poêle en fonte, d'une modeste cheminée en briques et de casseroles en cuivre soigneusement empilées sur un buffet.

Je remarquai tout de suite les deux tasses sur la table, un pot rempli de lait qui avait tourné et quelques biscuits moisis au beurre. À côté du service à café se trouvaient des feuilles couvertes d'un fouillis de notes de chimie.

– Elles sont presque pleines, dis-je en regardant les tasses. C'est du café, ajoutai-je après en avoir approché une de mon nez.

Je pris ensuite l'autre tasse, dont le contenu semblait identique à celui de la première. Mais...

– Laudanum, murmurai-je.

– Laudanum ? répéta Clarisse sans comprendre.

– C'est un somnifère, expliquai-je. Très puissant.

– Qu'est-ce que ça veut dire ? demanda Cyrano.

– Que le professeur Montel a fait entrer son ravisseur et lui a même offert à boire, répondis-je.

– Alors, il le connaissait ? avança Clarisse, perplexe.

– Pas forcément.

– Pardon, mais tu as l'habitude d'inviter des inconnus chez toi pour le café ? répliqua Cyrano, sceptique.

– Non, mais…

Je pris quelques secondes pour réfléchir et examiner de plus près les feuilles posées à côté des tasses.

– On *dirait* des notes de chimie, repris-je, mais en réalité ce sont des gribouillis dénués de sens.

Je commençais à comprendre ce qui avait dû se passer.

– Un des enfants qui secondent Maître Moustache a peut-être…

– Attends un peu, m'interrompit Cyrano. Qu'est-ce que ça veut dire « un des enfants qui secondent Maître Moustache », hein ?

– Je ne vous ai pas dit tout ce que je savais sur lui, avouai-je en soupirant.

– Tiens, tiens. Bizarrement, ça ne m'étonne pas, commenta Cyrano.

– Cyrano ! le reprit Clarisse. Qu'est-ce que tu

entends par là, Lupin ? me demanda-t-elle d'un ton doux.

– Maître Moustache a une ribambelle d'enfants à son service. Je le sais parce qu'il les achetait dans des orphelinats, notamment dans celui où j'ai grandi, racontai-je. Et Montel est professeur. Il doit avoir des dizaines, peut-être des centaines, d'étudiants à l'université. Et bien sûr, il ne peut pas tous les connaître. Ce serait plutôt facile pour un des petits complices de Maître Moustache de se déguiser et de se faire passer pour un jeune étudiant particulièrement intéressé par la chimie. Montel a dû le faire entrer et l'intrus a profité du café pour l'endormir avec du laudanum.

Je regardai autour de moi, de plus en plus convaincu par ma théorie.

– Aucun signe de lutte. Tout est parfaitement en ordre.

– D'accord, mais nous ne savons toujours pas pourquoi… commença Cyrano en s'appuyant d'une main contre le linteau de la cheminée. *Aaaah !*

Notre compagnon fut englouti par la trappe qui s'était soudain ouverte sous ses pieds. Clarisse et moi entendîmes une série de gros mots suivie d'un bruit métallique.

– Cyrano ! Tout va bien ? demanda Clarisse en regardant par la trappe.

Je me mis à côté d'elle et aperçus un escalier tortueux en colimaçon qui se perdait dans l'obscurité.

– Aïe… Oui, ça va… répondit-il. Mais vous devriez venir jeter un coup d'œil.

Clarisse et moi descendîmes l'escalier.

– Dis donc, murmura Clarisse en regardant autour d'elle.

Nous nous trouvions dans une petite salle étouffante, éclairée par une minuscule fenêtre. Le long des murs couraient des étagères pleines d'ampoules, de bocaux et de contenants en verre remplis de liquides, de poudres et de cristaux. Çà et là, des feuilles pleines de calculs, de dessins et de formules étaient accrochées au mur.

– Là, il y a plein de trucs bizarres, annonça Cyrano.

Il s'était avancé vers la table qui se trouvait au milieu de la pièce et sur laquelle étaient posés une balance, d'innombrables ampoules et un pli de feuilles jaunies.

J'en pris une.

– Qu'est-ce que c'est ? demanda Clarisse.

– Un télégramme, répondis-je. Il vient de… commençai-je en approchant les yeux du document. Cambridge.

– C'est où ? demanda Cyrano.

– En Angleterre, je crois, mais c'est écrit en

français, répondis-je. Le message date du 27 avril dernier et vient d'un certain James Dewar.

– Qu'est-ce qu'il dit ? demanda Clarisse en s'approchant de moi.

– « Expériences avancent bien – stop – 1 % bicarbonate soude – stop – attends vos observations – stop. »

– Qu'est-ce que cela signifie ? me questionna Clarisse.

– Je ne sais pas, avouai-je. Ceux-ci sont de la part d'une certaine Emma Montel, continuai-je en fouillant parmi les feuilles. Sûrement sa fille ou sa femme. Ceux-là, d'un M. Philippe Montel. Attendez... en voici un autre de Cambridge.

Je pris le télégramme et allai à la fenêtre pour mieux lire.

– C'est encore de James Dewar. Ça date du 3 mai.

– Deux jours avant la disparition de Montel, remarqua Clarisse.

– Il dit : « Données reçues – stop – résultats parfaits – stop – nitroglycérine 47 % – stop. » Nitroglycérine... répétai-je après un instant de silence. Cyrano, arrête ! Ne touche pas cette ampoule !

BOUM !

Une détonation retentit, un nuage noir s'éleva et des étincelles jaillirent de tous les côtés.

– Tout va bien ? demandai-je, recroquevillé sur le

sol, les yeux larmoyants à cause de la fumée. Clarisse ? Cyrano ?

– Bon sang… toussa Cyrano.

– Oui… murmura Clarisse. Mais on ne voit rien…

J'ouvris la fenêtre. L'air commença aussitôt à s'éclaircir. Je regardai ensuite l'ampoule que Cyrano avait fait tomber et qui avait provoqué ce chaos.

– Tu as la grâce d'un éléphant, il n'y a pas à dire, commentai-je.

– Si c'est une blague, elle ne me fait pas rire du tout, répliqua-t-il, vexé.

– Arrêtez, dit Clarisse en se penchant sur l'ampoule qui gisait par terre. Alors c'est avec ça que travaillait Montel ? La nitro-quelque chose ?

– Je pense que oui, répondis-je. La nitroglycérine est un explosif.

– Et comment tu le sais ? demanda Cyrano.

– Je connais des gens qui l'utilisent pour faire sauter des coffres et des chambres fortes.

– *Tu connais des gens*, hein ?

– Écoute, pour un peu, on y passait tous les trois à cause de toi, alors qu'est-ce que tu dirais de…

– *Chut !* me fit taire Clarisse. J'entends des bruits, continua-t-elle après avoir levé la tête vers la trappe.

– Vite, sortons de là ! ordonnai-je.

Nous laissâmes tout en l'état et remontâmes

l'escalier en colimaçon avant de fermer la trappe. Nous passâmes ensuite la tête dans l'entrée.

– On dirait qu'ils n'ont pas les clefs, remarqua Clarisse. Ils mettent trop de temps à entrer.

Elle avait raison. Quelqu'un cherchait à forcer la serrure. Peu importe qui c'était, il était en train de perdre son temps. Alors j'approchai de la porte et l'ouvris en grand.

– *Aaaah !* cria l'apprenti cambrioleur en tombant par terre.

Je reculai de quelques pas. Même s'il avait le visage écrasé contre le plancher, j'avais l'impression de le connaître. Quand il se releva, j'en eus la confirmation.

– *Ganimard ?* Qu'est-ce que tu fais ici ?

– *Lupin !* s'exclama-t-il. Je devrais plutôt te poser la question à *toi* ! Et eux, qui sont-ils ?

– Des amis, répondis-je en jetant un coup d'œil à Clarisse et Cyrano, immobiles dans mon dos.

– Eh bien, il s'agit d'une scène de crime, affirma Ganimard en essayant de se donner une contenance. Vous n'avez pas le droit d'être ici.

– À en juger par la manière dont tu tourmentais cette pauvre serrure, toi non plus, ripostai-je.

– Attends un peu, tu es le fils de *l'inspecteur* Ganimard ? intervint Cyrano. Celui qui veut étouffer l'affaire ?

– Mon père ne veut rien étouffer du tout ! s'enflamma Ganimard.

– Bien sûr que si, parce qu'il n'a pas la moindre idée de comment faire son travail...

– Taisez-vous ! m'exclamai-je en regardant la porte. Quelqu'un arrive.

– C'est l'appartement le plus fréquenté de tout Paris, grommela Cyrano tandis que je sortais sur le palier pour me pencher au-dessus de l'escalier.

Un groupe de policiers était en train de monter les marches.

– La police, murmurai-je en rentrant dans l'appartement avant de refermer délicatement la porte.

– Si mon père découvre que je suis ici, je vais être dans les ennuis jusqu'au cou, dit Ganimard en pâlissant.

– Pas autant que nous trois, répliquai-je. Vite, par là !

Nous traversâmes le salon et courûmes nous réfugier dans la chambre de Montel, la pièce la plus éloignée de l'entrée.

– Et maintenant, qu'est-ce qu'on fait ? demanda Ganimard, inquiet.

– Le rebord est assez large, déclarai-je après avoir ouvert la fenêtre. Si nous arrivons à atteindre ce balcon, nous sommes sauvés.

– Mais tu es complètement fou ! s'exclama

Ganimard d'une voix étouffée. Je ne veux pas mourir, moi !

– Et moi, je ne veux pas me faire prendre par les policiers, répliquai-je en enjambant l'appui de la fenêtre. Alors je file. Toi, tu fais ce que tu veux.

Clarisse et Cyrano me suivirent sans hésiter. Nous commençâmes à avancer très prudemment sur le rebord, en direction du balcon, deux appartements plus loin.

– Nom d'un chien ! entendis-je une voix s'exclamer quelques instants plus tard.

Je me retournai et vis que Ganimard avait décidé de se joindre à nous. Mais il était blanc comme un linge et marchait sans vérifier où il posait les pieds.

– Regarde où tu vas, idiot ! lui ordonnai-je.

– Je ne peux pas, je souffre de vertige !

– Oh, ce n'est pas vrai, soupirai-je.

Je m'agrippai à l'une des nombreuses cheminées qui hérissaient le toit et me hissai pour laisser passer Clarisse et Cyrano.

– On se voit à l'arrivée. Je dois empêcher le flic de s'écraser par terre.

– Moi, ça ne me gênerait pas, commenta Cyrano.

Tandis que Clarisse et Cyrano atteignaient le balcon sans trop de difficulté, je revins vers Ganimard.

– Mets les mains sur mes épaules et fais de petits pas. D'accord ?

– Merci, dit-il en hochant la tête.

– Ne me remercie pas, répliquai-je. Je le fais uniquement parce que je n'aime pas être redevable. Sans toi, M. Sirop m'aurait mis en pièces hier et il m'aurait vendu au kilo avec ses rougets et ses merluches.

Ganimard ne répondit pas et nous atteignîmes le balcon au bout de plusieurs longues minutes. Clarisse et Cyrano nous aidèrent à enjamber la balustrade et nous nous accordâmes un instant de répit pour reprendre notre souffle. Je jetai ensuite un coup d'œil à l'intérieur de l'appartement.

– Je ne vois personne, déclarai-je avant de forcer la fenêtre et de glisser la tête entre les battants. On dirait une chambre d'amis rarement utilisée. Allons-y.

Nous traversâmes la chambre à coucher et atteignîmes la porte. Je l'ouvris en essayant de faire le moins de bruit possible. Je me retrouvai dans un couloir sombre. J'entendais des voix provenant d'une pièce quelques portes plus loin, peut-être la cuisine. L'entrée se trouvait juste après. Nous étions obligés de passer devant.

– Doucement, murmurai-je.

Nous marchâmes l'un derrière l'autre le long du couloir.

– Enfin, Évelyne, je ne comprends pas pourquoi tu t'obstines à mettre des poivrons dans la ratatouille ! rouspéta une voix d'homme.

– Parce qu'il y en a dans la recette ! répliqua sa femme.

Je fis signe à Clarisse, à Cyrano et à Ganimard de s'arrêter à quelques centimètres de la porte de la pièce. Je jetai ensuite un coup d'œil à l'intérieur. Les maîtres de maison, un couple d'un certain âge, semblaient trop occupés à se disputer au sujet des poivrons pour prêter attention à quelques grincements.

– Mais je t'ai déjà dit mille fois que je ne les digère pas !

– Va manger au restaurant, alors !

Je passai rapidement devant la cuisine et poursuivis vers l'entrée. Là, j'ôtai le verrou et ouvris la porte. À présent, nous y étions ! Je me retournai : Cyrano et Ganimard étaient juste derrière moi, mais Clarisse…

– Eh toi, qu'est-ce que tu fais ici ?

Le maître de maison venait juste de sortir de la cuisine, peut-être pour suivre le conseil de sa femme, et avait surpris Clarisse au beau milieu du couloir.

– Lâchez-moi ! hurla-t-elle en essayant d'échapper à l'homme. Lâchez-moi !

– Hors de question, vilaine petite voleuse ! Évelyne, il faut appeler les gendarmes tout de suite !

À ce moment-là, quelque chose d'inattendu se produisit. Ganimard empoigna un parapluie trouvé dans l'entrée et le brandit comme une épée en chargeant le vieil homme au cri de : « En garde ! »

– Évelyne, il y en a un autre ! s’exclama l’homme, effrayé, en relâchant Clarisse.

Ganimard lui flanqua un coup de parapluie, attrapa Clarisse par le bras et l’entraîna derrière lui.

Nous sortîmes précipitamment de l’appartement et nous jetâmes dans l’escalier, entre rires et cris de jubilation.

– Je n’y crois pas ! m’exclamai-je en débouchant dans la rue. Eh, le flic, tu es plein de surprises !

Ganimard avait le teint cireux.

– J’ai agressé un homme… balbutia-t-il, ébranlé. Un simple citoyen, à son domicile… Si mon père l’apprenait…

Sans cesser de courir, nous nous éloignâmes du Ve arrondissement et atteignîmes la Seine. Alors seulement, nous nous arrêtâmes pour reprendre notre souffle en nous accoudant au parapet en pierre. Les eaux du fleuve scintillaient comme une feuille d’argent sous le soleil du début d’après-midi.

– Merci, dit Clarisse à Ganimard. Tu m’as sauvée.

– P-pas de problème… répondit l’intéressé en secouant la tête, encore troublé.

– Alors, tu vas me dire ce que tu faisais dans l’appartement de Montel, maintenant ? lui demandai-je.

– Je veux trouver Maître Moustache, répondit-il.

– Ah, murmurai-je. Quelle coïncidence : nous aussi.

– Vraiment ?

– Eh oui.

– Pourquoi ? me demanda-t-il.

– Pour plusieurs raisons, répondis-je. Notamment parce qu'il a enlevé son frère, ajoutai-je en indiquant Cyrano. Et toi, pourquoi le cherches-tu ?

– Parce que… commença-t-il. Cela ne te regarde pas, préféra-t-il couper court.

– Nous pourrions unir nos forces, proposa Clarisse. Au fond, nous voulons tous la même chose, non ?

Ganimard et moi nous regardâmes. Un voleur et un demi-flic, unis dans la recherche d'un mystérieux criminel à la moustache noire qui faisait la une de tous les journaux. Qui sait, peut-être en sortirait-il quelque chose de bon.

– Pourquoi pas ? dis-je.

– C'est d'accord, acquiesça Ganimard.

Nous nous serrâmes la main sous le regard de Clarisse et de son cousin, qui ne semblait pas très heureux de notre accord.

– Allons là-bas, dis-je en indiquant un bistrot un peu plus loin. Je ne sais pas vous, mais cette aventure m'a donné faim. Et puis, il faut que nous mettions en commun toutes les informations que nous avons sur Maître Moustache pour élaborer un plan. Cela va prendre du temps.

Sur ces mots, notre étrange quartette, composé d'un voleur, d'un fils de policier, d'un dompteur d'éléphants et d'une funambule, se dirigea vers le bistrot.

Chapitre sept

Le coup de filet

BOUM, BOUM, BOUM !

– Lupin ! Lupin, réveille-toi !

– Encore cinq minutes, Rémi, gémis-je, ensommeillé, en enfouissant ma tête sous l'oreiller.

La veille, Ganimard, Cyrano, Clarisse et moi étions restés ensemble jusque tard pour élaborer des théories sur Maître Moustache. De retour à La Fourche, j'étais tombé sur une discussion animée entre Adélard, le locataire du deuxième étage, et Guillaume dit « le Carré », celui du troisième, un cambrioleur avec un penchant pour le jeu. Ces deux-là ne pouvaient pas se voir et saisissaient le moindre prétexte pour se chercher querelle. Ils étaient en effet tout le contraire l'un de l'autre, un peu comme Ganimard et moi. Adélard avait des manières raffinées et un certain air de suffisance. Le Carré, en revanche, était plutôt rustre et, pour lui, toutes les occasions étaient bonnes pour tenter de refiler à n'importe qui des bibelots piqués on ne sait où. Ils ne s'étaient calmés que vers trois heures du matin, quand la Bigleuse avait menacé de leur jeter le mauvais œil.

– *Lupin !*

– Encore cinq minutes, Rémi, allez…

– La police fait une descente ! Ils emmènent tous les enfants !

– Quoi ?

Je me levai et courus à la porte. Dès que je l'ouvris, Rémi jaillit dans mon appartement et se cacha sous le lit.

– Mais qu'est-ce que tu fais, Rémi ?

– C'est plein de policiers, dehors ! répliqua-t-il en s'accrochant au pied du lit. Quelqu'un a dévalisé leur dépôt d'armes cette nuit et ils sont furieux !

– Leur dépôt d'armes… ? répétai-je, perplexe. Qu'est-ce qu'ils ont pris ?

– Je n'ai pas bien compris. Un truc qui s'appelle *nutro… nitiro…*

– Nitroglycérine ?

– Oui, c'est ça !

Exactement la substance qu'utilisait Montel pour ses travaux, pensai-je. *Ce n'est pas un hasard. Maître Moustache y est pour quelque chose.*

– Tu les entends ? poursuivit Rémi en indiquant la fenêtre. Ils crient comme des fous.

– Mais pourquoi sont-ils montés jusqu'ici ? demandai-je.

– Un témoin dit qu'il a vu un garçon tourner autour du dépôt un peu avant le vol. Et tu sais très bien que dès que des enfants sont impliqués, c'est ici qu'ils viennent voir en premier.

J'allai regarder par la fenêtre. Rémi n'avait pas exagéré : la rue était envahie de policiers. Certains enfants avaient déjà été alignés contre un mur, dans l'attente d'être conduits au commissariat. Parmi eux, je vis Marie et Alec Forge. C'était l'inspecteur Ganimard, planté sur ses deux jambes au milieu de la rue, qui coordonnait les policiers en aboyant des ordres.

– Faites-les tous sortir de leur trou ! criait-il. Il y en a bien un qui doit savoir quelque chose !

– Rémi, toi, tu restes ici, dis-je en m'habillant.

– Attends, Lupin, qu'est-ce que tu veux faire ? demanda-t-il quand il vit que je m'approchais de la porte. Tu ne peux pas sortir, ils vont t'attraper !

– Le policier capable de me capturer n'est pas encore né.

Je descendis au premier étage et frappai à la porte des Forge.

– C'est moi, Lupin, murmurai-je.

Alix Forge entrebâilla la porte.

– Lupin, ils ont pris Alec et Marie ! lança-t-elle, désespérée. Lucien n'est pas là, il est allé cacher le butin de notre dernier cambriolage. Et je ne peux pas les laisser seuls, poursuivit-elle en indiquant ses autres enfants, derrière elle. Qu'est-ce qu'ils vont devenir si on m'arrête ?

– Ne t'inquiète pas, Alix. Monte à la Tourelle avec les enfants, Rémi y est déjà. Je m'occupe d'Alec et de Marie.

La porte de la Bigleuse s'ouvrit et la voyante leva la tête vers nous.

– Ils arrivent, je les ai vus par la fenêtre !

– Vite, vite, montez ! exhortai-je Alix et ses enfants.

Je descendis ensuite au rez-de-chaussée. J'ouvris grand le portillon de La Fourche et sortis.

– Inspecteur Ganimard ! appelai-je.

La rue tout entière s'immobilisa. Parmi les enfants alignés contre le mur, certains commencèrent à chuchoter.

– C'est Lupin !

– Oui, c'est lui !

L'inspecteur, qui était de dos, se retourna pour me fixer. Deux policiers s'avancèrent vers moi, mais il leva la main pour les arrêter.

– Je sais qui tu es, dit-il. Et je te préviens : tes petits jeux ne fonctionnent pas avec moi.

– Je ne suis pas là pour jouer, inspecteur, répondis-je. J'ai seulement une proposition à vous faire.

– Je ne traite pas avec les criminels.

– Dans ce cas, c'est dommage, car vous ne découvrirez jamais le laboratoire secret chez Anselme Montel.

L'inspecteur plissa les yeux tout en cherchant à masquer sa surprise.

– Je ne sais pas comment tu as fait pour découvrir l'existence du chimiste, mais il n'y a aucun laboratoire secret chez lui. Nous avons fouillé son appartement de fond en comble.

– Vous vous trompez, commençai-je avant de comprendre que je devais abattre une autre carte. Si vous n'acceptez pas ma proposition, vous ne saurez jamais pourquoi Montel a été enlevé.

L'inspecteur resta silencieux.

– Et surtout, vous ne connaîtrez jamais le lien qui existe entre l'enlèvement du chimiste et le cambriolage de cette nuit à l'armurerie. Et vous n'attraperez jamais Maître Moustache.

Pour moi, tout était clair désormais : le criminel projetait une explosion. Je ne savais pas encore quelle était sa cible, mais ce n'était pas un hasard s'il avait enlevé un chimiste qui menait des expériences sur un explosif avant de voler des kilos de nitroglycérine.

– Maître Moustache ne…

– Oui, je sais, « Maître Moustache n'existe pas, c'est seulement une invention de la presse », l'interrompis-je. Mais c'est un mensonge et vous le savez aussi bien que moi.

– Je pourrais t'obliger à parler.

C'était une menace en l'air. L'inspecteur Ganimard

était connu pour son honnêteté et son intégrité. Je ne le voyais pas torturer un enfant de quatorze ans.

– Allons, inspecteur ! Je ne crois pas que vous soyez le genre de personne à torturer les enfants, lançai-je à voix haute. Laissez ce quartier tranquille et rentrez au commissariat avec une arrestation, la mienne, pour faire bonne figure auprès des journaux. Il me semble qu'ils n'ont pas été très tendres avec la police dernièrement. Moi, en échange, je vous dirai ce que je sais. Mais il faut qu'eux, ils puissent rentrer chez eux, dis-je en indiquant les enfants alignés le long de la route.

L'inspecteur poussa un long soupir de frustration. La situation ne lui plaisait pas du tout, mais il savait très bien qu'il ne tirerait rien de l'arrestation des autres enfants. Ce n'était qu'un geste pour sauver les apparences auprès de la presse et de l'opinion publique. Moi, en revanche, je pouvais lui donner des informations concrètes. Après quelques instants, il fit signe à ses hommes.

– Arrêtez-le et relâchez les autres. On rentre au commissariat.

Je souris en tendant mes poignets à un policier.

– Je suis tout à vous.

*

Lorsque j'arrivai devant l'entrée du commissariat avec l'inspecteur Ganimard, une demi-douzaine de journalistes étaient déjà amassés sur le trottoir, le calepin dégainé et le crayon au poing.

– C'est lui, inspecteur ?

– C'est le voleur qui vous est passé sous le nez ?

– Et que pouvez-vous nous dire de Maître Moustache ? Vous avez des pistes ?

L'air menaçant, l'inspecteur Ganimard me traîna dans le bâtiment sans daigner accorder un regard aux journalistes. Après avoir écouté ce que j'avais à dire, il me jeta en cellule en attendant que la patrouille envoyée chez Montel confirme mes informations.

Allongé sur la couchette de ma cellule, les mains derrière la tête et les yeux au plafond, je me mis à réfléchir en cherchant à comprendre l'objectif de Maître Moustache. Ses derniers méfaits suggéraient qu'il voulait faire exploser quelque chose. D'accord, mais *quoi* ? Et, surtout, les coups qui précédaient l'enlèvement de Cyrille et de Montel, comme le tableau volé au Grand Mogol, l'incendie de la mairie du IIIe arrondissement ou les frises volées à l'obélisque de la place de la Concorde, étaient-ils liés de près ou de loin à l'explosion ?

Il a besoin de Montel pour fabriquer une bombe à base de nitroglycérine, mais à quoi Cyrille lui sert-il ? me demandai-je.

– *Psst*, Lupin !

Je levai la tête et vis le jeune Ganimard de l'autre côté des barreaux.

– Que fais-tu ici ? lui demandai-je en me mettant debout.

– J'ai appris que tu avais été arrêté, dit-il. Pourquoi as-tu endossé la responsabilité du vol ? Tu sais aussi bien que moi que c'était Maître Moustache. Il y avait même sa moustache noire dessinée sur la porte de l'entrepôt.

– C'est une longue histoire, répondis-je.

Je ne voulais pas entrer dans le détail de l'accord que j'avais passé avec son père.

– Je ne te comprends pas, commenta Ganimard en secouant la tête. En tout cas, regarde.

Il glissa la main dans la poche de sa veste et en tira une feuille pliée en deux.

– Qu'est-ce que c'est ?

– Un portrait-robot. Le policier de garde à l'armurerie a réussi à voir le visage du garçon qui a volé la nitroglycérine avant d'être endormi… devine avec quoi ?

– Du laudanum, répondis-je sans avoir besoin de trop y réfléchir.

– Exactement, confirma Ganimard en me passant la feuille. Tiens, peut-être que tu le reconnaîtras.

Je pris le portrait-robot pour le regarder.

– Alors ?

Je restai silencieux.

– Eh, Lupin, qu'est-ce qui te prend ? Tu as vu un fantôme ?

Je m'assis sur la couchette et fixai le visage de papier et d'encre. Même si trois années s'étaient écoulées, j'aurais reconnu ce regard entre mille, sans parler de cette cicatrice sur la joue.

L'auteur du vol au dépôt de la police, le garçon qui travaillait pour Maître Moustache, c'était Léon.

– Tu le connais ? demanda Ganimard.

– Je…

– Mince, mon père m'appelle ! sursauta Ganimard sans me laisser le temps de répondre. Vite, rends-le-moi. Il ne doit pas s'apercevoir que je suis ici.

Ganimard m'arracha le portrait-robot des mains et s'éloigna en me laissant seul, en proie à mille émotions. D'un côté, je me sentais euphorique, car après des années passées à sonder les bas-fonds de Paris et à lire article sur article dans l'attente du retour de Maître Moustache, j'avais enfin reçu la confirmation que je désirais tant : Léon était vivant. Mais de l'autre, j'avais très peur, car je ne savais pas à quel point Léon pouvait avoir changé après tout ce temps passé entre les griffes d'un fou furieux comme Maître Moustache.

Je me mis à faire les cent pas dans la cellule étroite. Je me sentais comme un animal en cage. J'avais hâte de sortir pour faire quelque chose, n'importe quoi, mais au fil des heures je compris que l'inspecteur avait décidé de me faire payer mon insolence en me gardant en cellule.

Ce ne fut qu'après l'heure du dîner (passée à jeun) qu'un policier apparut dans le couloir en compagnie d'un individu que je connaissais : Lambert le Lombric.

– Quand est-ce que vous comptez me laisser sortir ? demandai-je au policier.

– Je ne sais pas, me répondit-il en jetant le Lombric dans la même cellule que moi.

– Mais regardez qui voilà, sourit le voleur après le départ du policier. Le jeune Lupin. Comment ça va, l'ami ?

– Je profite d'un séjour bien agréable, comme tu le vois.

L'homme s'assit par terre. Il ressemblait en tout et pour tout à un lombric avec son crâne pelé et son visage rose et gonflé.

– Moi ça ne va pas du tout. Je me suis fait arrêter uniquement parce que j'étais au mauvais endroit au mauvais moment.

– C'est vraiment la première fois que j'entends cette excuse.

– Je ne savais même pas qu'ils avaient tué ce type, continua-t-il à se plaindre. Mais la porte était ouverte… Ça t'est déjà arrivé, à toi, de trouver la porte d'une bijouterie grande ouverte comme le portail d'un cimetière ?

– Ils ont tué un bijoutier ? demandai-je, plus pour faire la conversation que par réel intérêt.

– Oui, répondit le Lombric. Je me baladais tranquillement dans le IVe arrondissement à la recherche de quelque chose à grignoter quand je suis tombé sur une bijouterie avec la porte ouverte.

– « À la recherche de quelque chose à grignoter », répétai-je. Dans le quartier des bijoutiers. Ben voyons. Tu pensais manger une salade de saphirs ?

– Bah, ricana-t-il. Disons que j'aime garder un œil sur le quartier, tu sais ce que c'est… Bref, j'entre dans la bijouterie et… bon sang ! Je n'avais jamais vu autant de trucs qui brillent au même endroit. Alors, tant que j'y étais, j'ai pris deux bibelots. En souvenir, tu comprends ? Mais juste après, ces satanés policiers sont arrivés et m'ont arrêté. Ils pensaient que c'était *moi* qui l'avais tué, alors que je ne m'étais même pas rendu compte qu'il y avait un mort là-dedans ! Il était dans l'arrière-boutique, à côté d'un horrible pigeon empaillé…

– Un pigeon empaillé dans une bijouterie ?

– Qu'est-ce que tu veux que je te dise, Lupin ? Les riches ont des goûts bizarres. Et bref, les policiers entrent et m'arrêtent. Mais c'était évident que ce n'était pas ma faute, non ? Bref, je les ai regardés et je leur ai dit : « Vous êtes aveugles ? Vous ne le voyez pas, le symbole sur le mur, à côté du mort ? »

– Attends un peu, l'interrompis-je, soudain attentif. Quel symbole sur le mur ?

– Bah, *le* symbole. Tu devrais le connaître mieux que moi, Lupin, non ? Ça fait des années que tu poses des questions dessus à droite et à gauche. Je n'ai jamais compris pourquoi tu t'intéressais tant à ce type moustachu, d'ailleurs.

– Nom d'un chien ! m'exclamai-je.

Maître Moustache avait encore frappé ! Mais pourquoi prendre une bijouterie pour cible, à présent ?

– Lombric, dis-moi tout ce que tu sais sur ce meurtre.

– Les informations ont un prix, répondit-il, le regard brillant d'avidité.

– Je n'ai rien sur moi pour te payer. Mais je ferai en sorte de t'offrir quelque chose dès que je sortirai.

– Bon, je sais que tu es un gentleman, Lupin, tout le monde le dit... déclara le Lombric après m'avoir scruté, l'air pensif. Mais je veux quelque chose de gros, hein ? Pas une babiole à deux sous. Deux chandeliers ou des couverts en argent.

– Tu auras ce qui se fait de mieux sur le marché, promis-je.

– D'accord. Alors... D'abord, j'ai entendu les policiers discuter sur le chemin pour arriver ici. Ils disaient que l'assassin n'avait rien volé. Bizarre, non ? À quoi ça sert d'entrer dans une bijouterie et de tuer le bijoutier si ce n'est pas pour voler des bijoux ?

– C'est vrai, admis-je. Continue.

– Eh bien, à ce moment-là, un des policiers a sorti une histoire absurde.

– Quelle histoire ?

– Il a parlé d'un collier de la reine Marie-Antoinette, oui, celle de la guillotine. Bref, un collier de diamants très rares a disparu. Il a nommé deux personnes, attends… La première, c'était une femme… Non, je ne me souviens pas de son nom. Mais de celui de son complice oui : le comte de Cagliostro. Quel drôle de nom, hein ? Ces Italiens… Je t'ai déjà parlé de mon cousin Lacombe ? Il a vécu en Italie pendant quelques années et quand il est revenu…

– L'histoire, Lombric. Continue cette histoire de collier de diamants.

– Ah, oui… Bref, ces deux-là, la femme et le comte de Cagliostro, ils ont pris le collier, ils l'ont démonté et ils ont revendu les diamants à l'étranger. Et devine qui l'avait fait, ce collier ? Le grand-père du bijoutier tué ce soir !

– Tu es sérieux ?

– Absolument ! Et à ce moment-là, comme s'il n'y avait pas déjà de quoi attraper une migraine, le policier s'est mis à jacasser au sujet des fameux diamants disparus…

– C'est-à-dire ?

– Eh bien, apparemment, il y en aurait encore quelques-uns à Paris, cachés dans un endroit secret.

– Pas mal, murmurai-je. Ils ont dit autre chose ?

– Ah, c'est là que ça devient intéressant, dit le Lombric qui prenait un plaisir fou à raconter cette histoire. Ils ont commencé à dire que ces diamants avaient vingt facettes. Mais je ne sais pas si on peut y croire. Des pierres, j'en ai vu dans ma vie, mais jamais aucune avec vingt facettes.

À ce moment-là, nous entendîmes des pas dans le couloir.

– Je crois bien qu'ils viennent te libérer, soupira le Lombric. Quelle chance !

– L'adresse du bijoutier, dis-je rapidement. C'est quoi ?

– 14, rue Miron, répondit le Lombric. Ça s'appelle la bijouterie Bassenge. Mais, dis-moi, tu ne vas pas aller là-bas quand même ? Tu seras de retour ici en moins de temps qu'il n'en faut pour le dire ! Regarde ce qu'il m'est arrivé !

Un policier s'avança vers la porte de la cellule pour l'ouvrir.

– Allez, jeune homme. Les vacances sont finies.

– Merci, le Lombric. Je te trouverai des couverts dès demain, lui dis-je en sortant.

– J'y compte bien, Lupin, répondit-il.

Je quittai rapidement le commissariat. Je n'avais jamais été aussi convaincu d'être sur la bonne voie : j'allais trouver Maître Moustache.

Chapitre huit

Les diamants disparus

La rue Miron, au cœur du IVe arrondissement, était une étroite succession d'élégants immeubles blancs aux balcons fleuris, abritant chacun une boutique au rez-de-chaussée. La bijouterie Bassenge se trouvait au début de la rue et son enseigne raffinée aux caractères dorés se distinguait parmi toutes les autres.

Dès que je m'engageai dans la rue Miron, je remarquai que les réverbères à gaz les plus proches de la bijouterie étaient éteints. Malgré cela, la présence d'un policier devant la porte du magasin ne m'échappa pas.

Je dois trouver le moyen de l'éloigner, pensai-je.

Je regardai autour de moi. La nouvelle du meurtre avait secoué les habitants du quartier : la rue était déserte et la plupart des fenêtres étaient fermées.

Je me penchai vers le sol et ramassai un caillou. En espérant ne pas faire trop de dégâts, je choisis une fenêtre d'où provenaient plusieurs voix et les pleurs d'un bébé. Ils allaient provoquer un grand tapage, juste ce dont j'avais besoin. Caché dans l'ombre d'une porte cochère, je visai et lançai le caillou contre la vitre.

– Qu'est-ce que c'était ?

– Attention au verre !

– Prends le bébé !

– Au secours !

Alerté par les cris, le policier quitta son poste et courut vers l'habitation touchée. J'attendis qu'il me dépasse pour me glisser furtivement vers la bijouterie. La porte était ouverte et je m'engouffrai à l'intérieur. Je me retrouvai dans une petite salle pleine d'écrins et d'armoires vitrées dans lesquelles les bijoux exposés dégageaient de faibles éclats dorés. Malgré la pénombre, je réussis à distinguer le contour d'un comptoir derrière lequel se trouvait une petite porte. Je l'ouvris et jetai un coup d'œil à l'intérieur.

On ne voit rien, remarquai-je.

Je fouillai dans les poches de ma veste et en sortis une allumette que je frottai contre le sol.

– Ah !

Deux yeux me fixaient.

Immobiles, ils me scrutaient du haut d'un socle en bois, depuis l'intérieur du corps empaillé d'un oiseau. Contrairement à ce que m'avait dit le Lombric, il ne s'agissait pas d'un pigeon mais d'un hibou. C'était plutôt inquiétant, mais pas autant que les taches de sang sur le sol, à l'endroit où le bijoutier, Bassenge, avait été tué par Maître Moustache (« *Étranglé* par un collier de perles, m'avait raconté le Lombric, après avoir été *poignardé* dans le dos »).

Sur le mur en face de la porte, la moustache noire du criminel me regardait, l'air moqueur, comme si elle me défiait de résoudre l'énigme.

Si tu es venu ici pour tuer Bassenge, c'est que tu avais une raison de le faire, pensai-je. *Tu ne l'as pas fait pour te remplir les poches de bijoux quelconques. Non, je pense que tu cherchais ces mystérieux diamants disparus, mais Bassenge n'a pas voulu te dire où ils se trouvaient. Ou peut-être ne le savait-il pas. Mais pourquoi les veux-tu ? Qu'ont-ils à voir avec Montel, Cyrille et la nitroglycérine ? À quoi te serviront-ils ?*

Après avoir allumé une autre allumette, je fis le tour de la pièce pour vérifier que les tiroirs du bureau installé contre le mur ne contenaient pas de double fond et que les autres meubles ne cachaient pas de mécanisme secret ni d'autre système similaire. Malgré une recherche méticuleuse, je ne trouvai rien.

Je poussai un soupir frustré et regardai le hibou empaillé.

– Si seulement tu pouvais parler, dis-je en levant l'allumette. Peut-être me dirais-tu ce qui…

Je m'interrompis. J'avais aperçu un étrange reflet

dans l'œil gauche du hibou. Perplexe, je passai l'allumette plusieurs fois devant l'animal.

– Ne me dis pas que… commençai-je avant de descendre le hibou de son socle pour le poser sur le bureau. Désolé, l'ami, murmurai-je en glissant un doigt dans son orbite gauche.

Je tentai d'ôter l'œil de verre. Mais à la place, je me retrouvai avec un petit disque coloré dans la main. Derrière, solidement encastré dans le crâne du hibou, se trouvait un gros diamant scintillant.

– Aië, ah ! exultai-je. Tu te crois plus malin que moi, Maître Moustache, et pourtant…

C'est à ce moment-là que mon allumette s'éteignit et que la pièce sombra dans l'obscurité.

– Malédiction… murmurai-je.

Je n'eus pas le temps de prendre une troisième allumette dans ma poche, car un objet dur s'abattit sur ma tête. Le hibou me tomba des mains.

– Aïe… *Non !* hurlai-je quand j'entendis des pas s'éloigner.

Je tâtonnai le sol… le hibou avait disparu !

– Maudit Moustache ! m'exclamai-je.

Je sortis de la bijouterie en courant et atterris directement dans les bras du policier que j'avais éloigné un peu plus tôt.

– Mais qu'est-ce que tu faisais là-dedans, toi ? demanda-t-il en m'attrapant par la veste.

– Désolé, je dois y aller ! répondis-je en lui flanquant un coup de pied.

– Aïe ! cria-t-il de douleur. Canaille !

J'ignorai les hurlements du policier et me jetai à la poursuite du garçon qui serrait le hibou de Bassenge sous son bras. Il avait la même corpulence mince et fluette que moi et portait un béret qui lui tombait sur les yeux.

– Ne bouge pas ! hurlai-je tandis qu'il tournait dans la rue de Brosse, vers la Seine. Arrête-toi !

Le garçon m'ignora et continua à courir. Il traversa le large boulevard bordé d'arbres qui longeait le fleuve. Quand il atteignit le parapet, il sauta et se jeta dans le vide en faisant preuve d'une agilité qui aurait pu rivaliser avec celle de Clarisse.

– Mais qu'est-ce que tu fais, mon garçon ? Pousse-toi ! hurla un cocher qui conduisait un fiacre.

Je reculai d'un bond et évitai de justesse d'être renversé par les chevaux.

– Mais où as-tu la tête ? pesta l'homme, furieux.

Encore secoué, je rejoignis le parapet en pierre et sautai. J'atterris maladroitement sur une de mes chevilles, mais j'ignorai la douleur et continuai à suivre le garçon. Il se dirigeait vers le sud, en direction du pont Marie, mais il avait désormais trop d'avance sur moi. Je ne le rattraperais jamais. Je devais donc l'obliger à s'arrêter. Sans cesser de courir, je récupérai un bout de corde sur l'un des nombreux bateaux amarrés le long du fleuve ; sur le suivant, je pris un vieux crochet et, pour finir, je m'arrêtai ramasser une pierre par terre. Je nouai le crochet à une extrémité de la corde, la pierre à l'autre bout et, après avoir visé, je lançai mon arme improvisée sur les jambes de ma cible. La corde s'enroula autour de ses tibias et il tomba par terre en lâchant le hibou. Le diamant sortit de l'orbite dans un tintement et s'arrêta à quelques centimètres du bord du quai.

Mais je n'avais pas le temps de contempler la pierre précieuse, car le garçon essayait déjà de se relever. Je me jetai alors sur lui de tout mon poids. Je l'attrapai ensuite par le col de sa chemise et lui arrachai son béret.

– Et maintenant, tu vas me dire où tu allais avec ce… Oh, mince. Mais tu es…

Une fille. Une fille aux longs cheveux roux, cachés jusque-là sous son chapeau, et aux yeux verts brûlants de colère.

– Pousse-toi, idiot ! rugit-elle.

Mon instinct de gentleman l'emporta. Sans réfléchir, je desserrai l'étau. Elle profita de mon instant de faiblesse pour me flanquer un coup de poing dans les côtes. Puis, toujours pas satisfaite, elle me poussa pour me faire reculer. Alors que je roulais sur le dos, elle acheva son œuvre en m'assenant un coup de pied extrêmement douloureux dans le tibia.

– *Aïaïaïaïe…*

La fille attrapa le diamant et le brandit sous mon nez.

Le Lombric devra se raviser, pensai-je. *Ce diamant a bien vingt facettes.*

– À la prochaine ! rit-elle en se remettant à courir.

– Quelle douleur… murmurai-je tandis qu'elle s'éloignait dans l'obscurité. Bravo, Lupin, continuai-je en me tenant le tibia. Tu viens de livrer un des diamants disparus à Maître Moustache.

Mais ce qu'il comptait en faire restait toujours un mystère.

Chapitre neuf

Impasse

– La Bigleuse t'envoie ça, Lupin.

Rémi passa la tête par la porte de mon appartement, un pot en verre à la main.

Je m'assis sur le lit sans trouver un seul endroit de mon corps qui soit ni brûlant, ni palpitant, ni douloureux. Inutile de dire que j'avais passé une nuit d'enfer.

– Merci, Rémi.

Je pris le pot et l'ouvris. Rémi grogna de dégoût avant de se boucher le nez.

– Ça pue encore plus que mes pieds.

J'ignorai son commentaire (tout à fait juste, du reste) et étalai la mixture jaunâtre sur l'énorme bleu qui couvrait la moitié de mon pauvre tibia.

– C'est déjà mieux, murmurai-je de soulagement après quelques instants.

– Mais qui t'a mis dans cet état ? demanda Rémi.

– Un type.

– Il devait être bien costaud.
– Il était énorme.
– Tu lui as mis une raclée ?
– Et comment !
– Bravo, approuva Rémi. Il ne faut jamais baisser la tête devant l'ennemi, même s'il fait le double de toi. C'est une question de dignité.

Je pensai à la fille aux cheveux roux. Elle devait peser la *moitié* de moi.

– C'est ce que je dis toujours, moi aussi, Rémi.
– Je redescends dans la rue, me dit-il en s'avançant vers la porte. Si tu as besoin de moi, fais-moi signe par la fenêtre.

Il me laissa seul et je restai au lit sans réussir à trouver une position confortable. La rousse m'avait drôlement arrangé.

Voilà où tu en es, Lupin, sans une seule piste à suivre et couvert de bleus, pensai-je avec amertume.

En vieillissant, je suis devenu un grand partisan de l'échec. L'expérience m'a en effet enseigné que ce sont justement les erreurs qui nous mènent à la réussite, car elles nous poussent à essayer et à réessayer en nous améliorant toujours plus. Mais je ne suis parvenu à cette conclusion que bien après les événements liés à Maître Moustache. Ce jour-là, je me sentais tout simplement déçu, et un peu humilié par la défaite que j'avais essuyée, aussi.

Ce fut justement mon désir de revanche qui me poussa à sortir de chez moi plutôt que de rester au lit à panser mes plaies. J'étais tout de même encore Lupin, le jeune voleur le plus habile et le plus malin de Paris.

– Dis donc, tu es vraiment mal en point, Lupin, commenta Marie Forge quand je traversai le palier du premier étage.

Elle reprisait des chaussettes, assise sur le seuil de l'appartement en compagnie d'une de ses petites sœurs.

– Ta langue bien pendue ne t'a pas suffi, cette fois-ci, hein ?

Je l'ignorai et descendis au rez-de-chaussée où la Bigleuse m'apostropha :

– Comment ça va ? me demanda-t-elle, un de ses habituels chats dans les bras.

– Très bien. Ça ne se voit pas ? répondis-je. Merci pour l'onguent. Le bleu me fait déjà moins mal. Qu'est-ce qu'il y a dedans ?

La Bigleuse ouvrit la bouche pour me répondre, mais quand je me rendis compte que l'odeur d'urine qui sortait de son appartement était étrangement semblable à la puanteur de l'onguent, je changeai d'avis.

– À la réflexion, certaines recettes méritent de rester secrètes, dis-je en sortant de La Fourche.

Je parvins à la place Pigalle en boitant et montai

dans le premier omnibus que je trouvai avant de chercher une place pour m'asseoir. Chaque fois que les chevaux passaient sur un trou ou sur une bosse, je sursautais de douleur. À tel point que la vieille dame assise à côté de moi, me voyant tout pâle, me demanda si je me sentais mal. Je la rassurai et soupirai de soulagement quand je mis enfin pied à terre.

Je me dirigeai directement vers l'arrière du cirque d'Hiver à la recherche de Cyrano et de Clarisse, qui ignoraient encore tout du vol de nitroglycérine et du meurtre du bijoutier. Peut-être auraient-ils une idée ou remarqueraient-ils quelque chose qui m'avait échappé en entendant mon récit.

J'étais sur le point d'entrer par la porte de derrière quand j'entendis des cris provenant d'une des roulottes des artistes. C'était la plus vétuste de toutes : sa peinture était décolorée par le soleil et elle penchait d'un côté à cause d'une roue pourrie par l'humidité. Elle avait tout l'air d'un ivrogne titubant.

Et en parlant d'ivrognes…

– Clarisse ! Viens ici, espèce de tire-au-flanc !

S'ensuivit un bruit de verre brisé. Puis Clarisse émergea de la roulotte avec un vilain bleu au menton et descendit rapidement les marches. Quand elle me vit, elle s'immobilisa, ouvrit grand la bouche et rougit d'un coup.

– Clarisse !

Une femme au visage gonflé par l'alcool et au maquillage défait se pencha par la porte de la roulotte. Elle portait des habits gitans et ses longs cheveux noirs étaient rassemblés en désordre sur le sommet de sa tête. Elle avait de grands anneaux dorés aux oreilles et des dizaines de bracelets tintaient à ses poignets.

– Obéis ! cria-t-elle en pointant Clarisse du doigt. Tu es m-ma fille et tu dois f-faire ce que je t'o-o-ordonne, poursuivit-elle, la voix pâteuse.

Elle avait tellement bu qu'elle ne tenait pas debout. Et quand elle essaya de descendre les marches pour suivre Clarisse, elle trébucha et s'étala par terre.

Devant ce spectacle mortifiant, une expression d'horreur et de pitié se peignit sur le visage de Clarisse.

J'ignorai la douleur de ma jambe et, sans lui laisser le temps de protester, je courus vers elle, lui attrapai la main et la traînai le plus loin possible.

*

– Tu es sûr que nous pouvons prendre cette barque ?

– Qu'est-ce qui te fait penser le contraire ?

– Elle s'appelle *Annette*.

– C'est mon deuxième prénom.

– Tu t'appelles *Arsène Annette Lupin ?*

– Ça sonne bien, non ?

Clarisse laissa échapper un sourire avant de monter à bord. D'un coup de rames, j'éloignai la barque du quai et glissai sous le pont Neuf. Je m'assis en face d'elle et laissai faire le courant qui s'écoulait paresseusement ce jour-là.

– Je vous en prie, mademoiselle, dis-je en passant à Clarisse le panier que j'avais volé sur le chemin entre le cirque et le fleuve.

Après une halte chez le marchand de fruits et un saut à la pâtisserie, il s'était rempli de pommes, de poires, d'une orange, de biscuits au beurre et de deux meringues au chocolat.

Clarisse piocha une pomme et mordit dedans tandis que la barque glissait sur l'eau illuminée par le tiède soleil de mai. Pendant tout le trajet du cirque au fleuve, elle n'avait pas ouvert la bouche et je m'étais bien gardé de faire des commentaires ou de lui poser des questions sur la scène à laquelle j'avais assisté. Je pouvais imaginer ce qu'elle ressentait : de l'humiliation, de la tristesse et de l'amertume. Personne ne méritait d'avoir une ivrogne violente pour mère, encore moins une petite fille aussi gentille que Clarisse.

– Elle n'est pas toujours comme ça, déclara tout à coup Clarisse. C'est seulement quand elle boit.

Ce qui, d'après ce que j'avais vu, arrivait tous les jours.

– Elle… poursuivit Clarisse. Elle s'inquiète pour moi…

– Tu ne devrais pas la défendre.

– Je sais, mais… elle a peur que je ne devienne jamais une bonne funambule si je ne m'applique pas plus.

– Et c'est ce que tu veux ou ce qu'elle veut, elle ?

– Bah, que pourrais-je faire d'autre ?

– Que voudrais-tu faire, toi ?

– Je ne sais pas. Je crois que… j'aimerais devenir infirmière. Au cirque, c'est toujours moi qui soigne les blessures et les brûlures des autres artistes. Mais ma mère ne me le permettra jamais, ajouta Clarisse avec un sourire triste.

– Et ton père ?

– Je ne l'ai jamais connu, répondit Clarisse en fixant la pomme. Si je savais quelque chose sur lui, je serais déjà partie le chercher, mais ma mère ne parle jamais de lui.

– Tu ne connais même pas son nom ?

– Non. Et personne ne l'a vu au cirque. On dirait qu'il n'a jamais existé.

Elle détacha ses yeux de la pomme et porta son regard vers la ville qui défilait à côté de nous.

– Peut-être qu'il est là, quelque part, reprit-elle. Peut-être que je l'ai déjà rencontré sans le savoir.

C'était une triste pensée.

– Je suis désolé.

– Au moins, j'ai mon cousin Cyrano, dit-elle en haussant les épaules. Il est toujours si gentil avec moi. Il est très sensible, tu sais ?

– Qui ? Cyrano ? À mon avis, il a moins de sensibilité qu'une moule.

– Il a ses défauts, admit Clarisse en riant. Mais pour moi, il est comme un frère. Il aurait pu aller travailler chez Peugeot avec Cyrille. Mais il a décidé de rester au cirque pour ne pas me laisser seule.

– C'est tout à son honneur, reconnus-je.

– Et toi ?

– Quoi, moi ?

– Ta famille ? Tu ne sais rien d'eux ?

– Non. Je n'ai aucune idée de l'identité de mes parents. Mais s'ils m'ont laissé dans cet horrible orphelinat, c'est qu'ils ne devaient pas tenir beaucoup à moi.

– Ne dis pas ça. Peut-être qu'ils n'avaient pas le choix. Ou peut-être qu'ils sont tombés malades et qu'ils sont morts, et c'est pour ça que tu as atterri là-bas.

– C'est possible. De toute façon, ils ne me manquent pas. La vie à La Fourche est bien assez mouvementée.

– Oui, je l'ai compris quand j'ai rencontré votre vigie, rit Clarisse. D'où vient-il ?

– Ah, c'est une longue histoire, dis-je.

Je pris la boîte de biscuits, l'ouvris et la passai à Clarisse qui en choisit un en forme d'hirondelle.

– Rémi a grandi comme marmiton dans un immeuble du Ier arrondissement. Les maîtres de maison avaient deux fils, des jumeaux un peu plus grands que lui. Chaque fois qu'ils faisaient une bêtise, Rémi était battu à leur place.

– Mais pourquoi ? demanda Clarisse. Quelle idée cruelle !

– Les parents pensaient qu'ainsi leurs fils seraient obligés de bien se comporter. Mais pour eux, regarder Rémi se faire battre n'était qu'un divertissement.

– C'est terrible !

– Oui. Mais heureusement la Bigleuse, la chiromancienne de La Fourche, l'a su par une de ses clientes et nous avons résolu la situation à notre manière.

– Tu devais avoir un tas d'amis à l'orphelinat, lança Clarisse en m'adressant un regard plein d'admiration.

– Pas vraiment, répondis-je. J'étais celui qui procurait à manger à tout le monde. J'étais traité avec respect, ça oui. Mais des amis… Dans un endroit comme ça, on cherche à garder ses distances avec tout le monde parce qu'on sait que, à un moment ou à un autre, on sera séparés. C'est ce qui m'est arrivé.

– C'est-à-dire ?

Le moment était venu de dire la vérité.

– À l'orphelinat, j'avais un seul ami. Il s'appelait Léon. En réalité, il était comme un petit frère pour moi, je l'ai presque élevé. Quand il est arrivé, il savait à peine marcher. Pendant cinq ans, nous avons été inséparables.

– Et ensuite ?

– Ensuite Maître Moustache me l'a enlevé.

Clarisse ouvrit grand la bouche.

– C'est pour cela que tu veux le trouver !

– Voilà.

J'attrapai une rame pour éloigner la barque du pilier d'un pont. Nous longions l'île de la Cité, d'où surgissait la cathédrale Notre-Dame dont les flèches sombres se détachaient sur le ciel bleu.

– La directrice de l'orphelinat l'a vendu à Maître Moustache quand il avait sept ans. C'est arrivé devant mes yeux et je n'ai rien pu faire pour l'empêcher. Je veux réparer ça. Je *dois* réparer ça.

– Je comprends, déclara Clarisse. Je suis désolée, tu étais sûrement venu au cirque pour parler de nos recherches et je t'ai fait perdre beaucoup de temps. Tu as découvert quelque chose de nouveau ?

Je mis Clarisse au courant du vol de nitroglycérine et de ma rencontre avec la mystérieuse fille aux cheveux roux à la bijouterie Bassenge.

– Je n'arrive pas à comprendre ce que Cyrille a à voir avec tout ça, murmura Clarisse à la fin de mon récit. Un diamant lié à la reine Marie-Antoinette, l'enlèvement d'un chimiste et d'un mécanicien, le vol d'un tableau dans un atelier de mode, le meurtre d'un bijoutier, la nitroglycérine… Sans oublier les monuments qui ont été endommagés. Tu te rappelles lesquels ?

– L'obélisque de la place de la Concorde et la mairie du IIIe arrondissement, l'aidai-je.

– J'ai l'impression qu'il n'y a aucun lien entre tous ces éléments, conclut Clarisse en soupirant.

– Je sais, acquiesçai-je, plein de frustration. Ce qui est sûr, c'est que Maître Moustache est en train de préparer une explosion.

– Mais nous ne savons pas ce qu'il veut faire exploser, dit Clarisse.

– Exact, murmurai-je. Peut-être…

– Quoi ?

– Chez moi, j'ai des dizaines d'articles sur les coups qu'il a montés au fil des années. Peut-être qu'en les relisant maintenant, avec tout ce que nous savons, nous remarquerons quelque chose. Un détail qui nous a échappé.

– Nous pouvons essayer, acquiesça Clarisse, qui n'avait aucune envie de retourner au cirque.

J'attrapai les rames et poussai la barque vers le

quai. Une fois à terre, nous nous mîmes en route pour Montmartre, Clarisse agile et légère, moi mal en point et boiteux.

Nous formions vraiment un beau couple, il n'y avait pas à dire.

CHAPITRE DIX

Une amère vérité

– Alors tu vis ici ? demanda Clarisse, l'air fasciné, en regardant La Fourche, ses volets vétustes et son portillon bleu.

Des enfants du quartier étaient perchés sur le toit, d'autres jouaient au milieu de la rue avec une balle en chiffons, d'autres encore se disputaient une vieille toupie cassée. Rémi le Rongeur, assis comme toujours sur son baril, accueillit Clarisse d'un air plus amical que quelques jours plus tôt.

– Regardez qui voilà, commenta-t-il en grattant ses cheveux pleins de poux.

– Salut, Rémi, lançai-je en continuant mon chemin. Allez viens, pressai-je Clarisse.

Je ne voulais pas laisser une chance aux enfants de nous encercler.

– Eh, Lupin ! me saluèrent-ils du toit.

– Content de te revoir, Lupin !

– Lupin est là !

Une orange tomba du toit et je l'attrapai au vol.

– Merci ! dis-je en me dépêchant de pousser Clarisse à l'intérieur du bâtiment.

– Tu es une sorte de héros ici, commenta-t-elle, de plus en plus fascinée.

– J'essaye juste de donner un coup de main, répondis-je en haussant les épaules.

Nous montâmes jusqu'à mon grenier et, quand j'ouvris la trappe qui menait à la Tourelle, Clarisse laissa échapper une exclamation de surprise.

– Je t'en prie, dis-je en indiquant l'échelle de corde. Après toi.

Une fois dans la Tourelle, je montrai à Clarisse ma collection d'articles. Certains racontaient brièvement les coups montés par Maître Moustache, d'autres avançaient de drôles de théories sur son identité et sur ses motivations. Mais tous s'accordaient à dire que la police se montrait incapable de faire face à la situation.

Sur le chemin, nous nous étions arrêtés au kiosque à journaux, où j'avais acheté l'édition du jour de *La Petite Presse.* Je découpai l'article concernant le meurtre de Bassenge et l'accrochai avec les autres. Clarisse s'approcha du mur et le lut à voix haute.

– « Paris, 10 mai 1889. Presque cent ans après l'affaire du collier qui coûta sa réputation à la reine Marie-Antoinette, Baptiste Bassenge, petit-fils du bijoutier qui créa la fameuse parure, a été retrouvé mort dans son magasin de la rue Miron, étranglé par un collier de perles. Il semblerait que l'assassin n'ait rien emporté, mais qu'il ait laissé sa signature bien en vue sur un mur : une moustache peinte en noir. Si les rumeurs qui circulent sont vraies, il n'y a pas de quoi s'étonner : en effet, l'assassin ne cherchait pas n'importe quel bijou, mais les précieux diamants disparus qui composaient le collier impliqué dans le scandale et dont beaucoup disent qu'ils n'auraient pas été détruits. Les aventures du célèbre collier sont désormais légendaires : comme tout le monde le sait, le grand-père du défunt Baptiste Bassenge fut dupé par la comtesse de La Motte et par le comte de Cagliostro, qui, plutôt que de livrer le bijou à la reine et de payer Bassenge, s'évanouirent dans la nature avec les diamants. Selon la légende, certaines des célèbres pierres se trouveraient encore à Paris. La mère du bijoutier, très âgée et bouleversée par la mort de son fils, a déjà déclaré qu'elle ne souhaitait pas continuer l'affaire familiale. »

À la fin de la lecture, je répétai à Clarisse le récit farfelu que m'avait fait Lambert le Lombric, sans omettre la partie sur la forme du diamant.

– Vingt facettes ? répéta-t-elle. Il existe vraiment des diamants taillés ainsi ?

– Apparemment, oui, répondis-je. Si je ne l'avais

pas vu de mes yeux, j'aurais du mal à y croire, moi aussi.

Les mains sur les hanches, Clarisse passa en revue tous les articles accrochés au mur un par un. De temps en temps, elle s'interrompait pour me poser une question ou commenter quelque chose, avant de se remettre à lire attentivement.

– Lupin ! s'exclama-t-elle tout à coup.

– Qu'est-ce qu'il y a ?

– Regarde, répondit Clarisse, les yeux brillants. Regarde *là*.

Elle indiquait l'un des nombreux articles sur le vol du tableau au Grand Mogol. Contrairement à beaucoup d'autres, il était accompagné d'une photographie du tableau volé, prise lors d'un événement caritatif qui avait eu lieu dans la boutique peu avant le vol.

Je m'approchai du mur et plissai les yeux. Le tableau représentait une femme aux cheveux sombres, assise sur un fauteuil devant une fenêtre dissimulée par des rideaux. Le doigt de Clarisse était posé sur le cou du modèle. Quand elle le déplaça, je vis ce qu'il cachait.

– On dirait... Non, c'est vraiment... Mais ce n'est pas possible !

– Et pourtant si, répliqua Clarisse en me regardant avec un petit sourire.

J'étais stupéfait. Le bijou que portait la femme du tableau… était un des diamants disparus !

– Clarisse, tu es géniale ! m'exclamai-je en la serrant dans mes bras. Je ne l'aurais jamais remarqué !

Elle me rendit mon étreinte, puis nous nous séparâmes, un peu gênés par cet élan soudain.

– Bah, tu ne l'aurais pas pu, dit-elle. Tu n'as découvert l'existence des diamants disparus que cette nuit.

– Je ne l'aurais pas repéré quoi qu'il arrive, avouai-je.

Je ne m'étais jamais beaucoup arrêté sur le contenu du tableau, car je ne l'avais pas jugé important. Mais désormais, grâce à l'œil attentif de Clarisse, nous avions un lien entre le meurtre de Bassenge et le vol du tableau.

– Il faut le dire à Cyrano, déclara Clarisse. Et à ton ami policier.

– Ganimard n'est pas mon ami, la corrigeai-je. Mais oui, tu as raison.

Nous quittâmes la Tourelle et descendîmes l'escalier de La Fourche en courant. Nous sortîmes dans la rue et…

– Idiot !

Cyrano déboula de nulle part et m'envoya au tapis d'un coup de poing qui aurait pu rivaliser avec ceux du bon Vincent Sirop.

– Cyrano ! cria Clarisse, bouleversée. Non !

– *Aïaïaïaïaïaïe...* murmurai-je en tâtant ma mâchoire. Mais c'est quoi ton problème ? demandai-je à Cyrano après m'être relevé, chancelant. Tu es fou ?

– Ça fait des heures qu'on la cherche ! s'exclama-t-il en montrant Clarisse. *Des heures !* répéta-t-il, cramoisi. Sa mère est soûle comme une barrique et personne ne savait où elle était passée ! Tu imagines mon inquiétude ?!

– Comme tu peux le voir, elle va très bien, répliquai-je en bougeant la mâchoire. Bon, elle n'est pas cassée, c'est déjà ça. Bien sûr, je vais devoir manger du bouillon pendant une semaine...

À ce moment-là, je m'aperçus que les enfants de La Fourche, menés par Rémi, marchaient vers Cyrano, l'air belliqueux. Je levai une main pour les arrêter.

– Tout va bien, les amis.

– Tout va bien, mon œil ! s'exclama Rémi, furieux. Ce type vient de te flanquer un marron !

– C'est bon, Rémi, ce n'est pas grave...

– Si, c'est grave ! répliqua Pierre, l'un des enfants les plus sauvages du quartier.

C'était lui qui avait volé le bracelet de Clarisse le soir où elle était venue me voir. Il était tout en nerfs et en muscles, avec une tignasse noire toujours en bataille et les bras couverts d'égratignures.

– C'est chez nous, ici, poursuivit-il. Personne ne peut te frapper devant nous !

– Rémi, s'il te plaît, lançai-je, l'air résolu. Emmène-les plus loin.

Rémi fixa Cyrano, plein de rage. Puis il souffla.

– Vous avez entendu ce qu'a dit Lupin, non ? Laissons-les se débrouiller tout seuls.

Certains protestèrent, surtout Pierre, qui fit un geste en direction de Cyrano signifiant : « Je vais t'égorger. » Mais Rémi réussit quand même à éloigner le groupe, tant bien que mal.

Après leur départ, Clarisse pointa Cyrano du doigt.

– Demande-lui pardon.

– Quoi ? fit Cyrano en écarquillant les yeux. Il n'en est pas question ! Clarisse, j'essaye de te protéger depuis toujours et, tout à coup, ce type arrive et…

– Eh bien, tu fais vraiment du bon travail, Cyrano, éclatai-je. Elle se l'est sans doute fait toute seule, ce bleu au menton.

– Tu te crois meilleur que moi, hein ? s'enflamma Cyrano. Mais bien sûr, tu es Lupin : si malin, si dégourdi, si fort pour embrouiller les gens avec ses belles paroles. Ces malheureux te traitent comme une sorte de célébrité, continua-t-il en montrant Rémi et les enfants qui étaient encore dans les parages. Mais c'est seulement parce qu'ils ne connaissent rien de mieux ! En vérité, tu n'es qu'un fanfaron, Lupin. Tu n'es personne. Tu n'as personne. Je ne veux plus de ton aide pour retrouver Cyrille. Et ne t'approche pas de ma cousine. Si je te surprends encore à tourner autour de Clarisse, je te donnerai le reste !

– Cyrano… tenta de l'apaiser Clarisse.

– Non, la coupa Cyrano. Il faut que tu choisisses, Clarisse. C'est ta famille ou lui.

– Mais, tu n'es pas sérieux…

– Très bien. Alors je m'en vais, déclara Cyrano en se mettant en route.

Clarisse me regarda, l'air mortifié. Puis elle rejoignit Cyrano en secouant la tête. Elle s'éloigna avec son cousin et disparut au coin de la rue.

« Tu n'es qu'un fanfaron, Lupin. Tu n'es personne. Tu n'as personne. »

Je m'assis sur les marches devant l'entrée de La Fourche en me massant le visage. Les mots de Cyrano me brûlaient et je ne savais même pas pourquoi. Oui, bien sûr, j'étais un peu fanfaron, je ne pouvais pas le nier. Et oui, grâce à mon bagout, j'arrivais souvent à embobiner les gens. Mais il n'y avait aucune malice dans mes actions et je partageais toujours mon butin avec les enfants du quartier ou avec les Forge. Et pourtant…

– Lupin ! m'appela Rémi peu après en interrompant mes pensées.

Je levai la tête et vis Ganimard, pâle et terrorisé, à côté de son baril.

– Rémi, range ce couteau ! lui ordonnai-je en me levant et en m'approchant d'eux. Tu peux lui faire confiance.

– Comme à celui d'avant ? demanda Rémi, sceptique, en continuant à pointer son couteau vers Ganimard. S'il se montre à nouveau, celui-là, je lui casse la figure, hein ! Tu pourras dire ce que tu veux.

– Je ne pense pas qu'il reviendra, répliquai-je en abaissant la main avec laquelle il tenait le couteau. Que viens-tu faire ici ? demandai-je à Ganimard d'un ton plus brusque que je ne le voulais.

– Il y a eu un meurtre et… commença-t-il en regardant Rémi, effrayé. Euh, peut-être que je reviendrai une autre fois. Vous m'avez l'air bien occupés.

– Non, c'est bon. Viens, ajoutai-je en attrapant Ganimard par le bras.

Je le conduisis dans la ruelle sur laquelle donnait la vigne abandonnée.

– Mais que se passe-t-il ? me demanda-t-il une fois seul avec moi. Il est fou celui-là ! Il ne peut pas se promener comme ça en menaçant les gens avec un couteau !

– Rémi ne se promène pas, répliquai-je. Il reste toujours sur son baril.

– Oui, mais… Oh, laisse tomber. Qu'est-ce qui m'a pris de venir jusqu'ici… ?

– Non, tu as bien fait, l'interrompis-je. Je suis déjà au courant du meurtre de Bassenge.

– Ah, murmura Ganimard, déçu.

– Mais j'ai découvert autre chose.

Je racontai à Ganimard l'histoire du diamant disparu dans le tableau volé par Maître Moustache à l'atelier de mode.

– Bon sang ! s'exclama-t-il. Ça, c'est un pas en avant ! Qui est l'auteur du tableau ?

– Ce n'était pas écrit dans l'article, répondis-je. Mais je sais à qui nous pouvons le demander.

CHAPITRE ONZE

Le tripot de Mme Anglais

Il était exclu d'aller à la boutique Le Grand Mogol pour demander des informations sur le tableau à sa propriétaire. Pour autant que je sache, Maître Moustache pouvait avoir des espions partout et je ne voulais pas qu'il comprenne que j'avais enfin une piste à suivre. C'est pourquoi je conduisis Ganimard dans le dernier endroit où le fils d'un inspecteur aurait dû mettre les pieds : le tripot de Mme Anglais.

– Arrête ! Qu'est-ce que tu fais ? s'exclama Ganimard quand j'essayai d'étaler un peu de boue sur ses vêtements. Ils sont tout neufs ! Je les ai achetés la semaine dernière à La Belle Jardinière.

– Je suis bien content pour toi, mais tu ne peux pas te présenter au tripot habillé comme ça, le coupai-je. Ce serait comme jeter un ver à un groupe de pigeons.

– Attends, je ne comprends pas : le ver, c'est moi ?

– Enlève ta cravate au moins, soupirai-je. Et ton chapeau. Et tes chaussures… frotte-les contre le trottoir.

Contrarié, Ganimard exécuta mes ordres.

– Tu es encore trop propre, constatai-je, insatisfait. Quand es-tu allé chez le coiffeur pour la dernière fois ?

– Avant-hier.

– Crache dans ta main et passe-la dans tes cheveux.

– Quoi ? Non ! C'est dégoûtant !

– Si tu ne le fais pas, je le ferai moi-même, le menaçai-je. Avec *ma* salive. Je ne suis pas sûr que tu y gagnes.

Ganimard se dépêcha de faire ce que je lui demandais.

– Alors ?

– Ça peut aller, déclarai-je, l'air critique. Dépêchons-nous à présent.

Nous nous mîmes en route pour le tripot de Mme Anglais. Il se trouvait rue du Mont-Cenis, une longue artère qui se déroulait depuis la colline de la basilique du Sacré-Cœur jusqu'à la campagne.

– Pourquoi penses-tu que cette Mme Anglais sait qui a peint le tableau ? demanda Ganimard alors que nous marchions.

– Parce que, dans sa jeunesse, elle a été la muse d'un peintre et qu'elle connaît beaucoup d'artistes en ville. Elle pourra sûrement nous renseigner.

Nous continuâmes notre descente de la colline du Sacré-Cœur. À mesure que nous avancions, le paysage se faisait plus désolé.

– Mais qu'est-ce que c'est que cet endroit ? chuchota Ganimard, inquiet.

Pour quelqu'un comme lui, habitué aux beaux immeubles du Marais, les maisons basses et délabrées, les pavés disjoints, les charrettes tirées par des mules et les poules qui picoraient en liberté formaient un ensemble insolite.

– Garde les yeux baissés et la bouche fermée, l'avertis-je. Et tâche de ne pas tomber, le houspillai-je quand il faillit trébucher sur une pierre.

Nous traversâmes une petite place où des enfants s'amusaient à rouler dans des bidons vides et poursuivîmes notre route. Quand nous passâmes devant un débit de tabac, le chien allongé en travers de la porte nous aboya après, à la grande hilarité de son maître, un type qui avait plus de cicatrices que de cheveux.

– Dis-moi que nous sommes arrivés, s'il te plaît, implora Ganimard en se serrant contre moi.

– Oui, le tripot est un peu plus bas, répondis-je en m'agitant pour qu'il me lâche. Efface la peur de ton visage ou tu ne tiendras pas plus de deux minutes là-dedans. Et je t'en prie, *je t'en supplie*, ne songe même pas à dire comment tu t'appelles. Pour les minutes qui viennent tu seras… « Gaston le pickpocket ».

– Pardon ? s'exclama Ganimard, outré. Mais…

Il se tut dès qu'il vit l'entrée du tripot et les hommes campés devant.

– Oui, pickpocket, je pense que ça ira. Peut-être même quelque chose de plus intimidant. Je ne sais pas moi… « Gaston l'égorgeur » ?

– N'exagérons pas. Entrons, lançai-je en l'attrapant par un bras.

Des règles bien précises étaient en vigueur dans le tripot de Mme Anglais. Devant le vieux comptoir en bois, royaume incontesté de la propriétaire, se trouvaient douze tables, chacune assignée à un groupe spécifique. Les tanneurs occupaient celle du coin, au troisième rang, le plus loin possible des teinturiers, avec qui ils étaient constamment en guerre à propos du prix des peaux. Les bouchers, eux, étaient placés au premier rang, à l'opposé des poissonniers. Les faussaires étaient séparés des marchands ambulants, des vendeuses de fleurs et des mendiants. Mme Anglais ne tolérait aucun désordre et personne ne s'était jamais hasardé à déclencher une bagarre à l'intérieur du lieu. Mais dehors… Eh bien, dehors, c'était une autre histoire.

– C'est elle, Mme Anglais ? me chuchota Ganimard. Mais elle ne fait pas plus d'un mètre cinquante. Et elle a quel âge ? Deux cents ans ?

– Tais-toi, lui ordonnai-je. Tu vois le géant assis derrière le comptoir avec elle ? C'est son petit-fils, Jacques. Si elle ne t'apprécie pas, lui non plus. Je te conseille d'arrêter de la regarder comme ça. Et maintenant, viens avec moi, mais pas un mot.

Nous nous approchâmes du comptoir. L'habituelle odeur de cigares bon marché, d'aisselles transpirantes et de mauvaise eau de Cologne flottait dans l'air. Des portraits de Mme Anglais jeune étaient accrochés aux murs recouverts de panneaux en bois.

Je m'appuyai contre le bar et attendis un signe de Jacques avant de m'adresser à elle.

– Madame, la saluai-je en touchant mon béret. Je vois que vous êtes en forme.

– Lupin, répondit-elle en bougeant à peine les lèvres.

Elle avait un long fume-cigarette en ivoire dans la bouche.

– Cela fait longtemps que je ne t'ai pas vu par ici, poursuivit-elle. Et qui est ce garçon ?

– Un ami. Il s'appelle Gaston.

– Gaston… ?

– Le pickpocket. Il travaille dans le XIVe.

– Gaston le pickpocket ? répéta Mme Anglais en levant les sourcils.

À ce moment-là, Ganimard eut la bonne idée d'ouvrir la bouche malgré mes instructions.

– Oui, madame. Je suis le meilleur pickpocket qui existe…

Je lui donnai un coup de pied.

– Le meilleur de mon quartier, je veux dire, rectifia-t-il. Oui, enfin, pas de *tout* le quartier. De ma rue, voilà. De deux ou trois portes, disons…

Je pestai contre ma naïveté et espérai que Mme Anglais ne se décide pas à poser davantage de questions. À en juger par son regard, il était évident qu'elle avait compris que nous mentions. Mais, heureusement pour moi, cela ne semblait pas l'intéresser.

– Qu'est-ce que je peux faire pour toi, Lupin ? me demanda-t-elle en me fixant de ses yeux bleus.

– J'ai besoin d'un nom.

Je sortis l'article de journal et montrai le tableau à Mme Anglais. Elle l'observa pendant quelques instants et fit un signe à son petit-fils.

– Vois ce que tu peux faire.

– Oui, grand-mère, répondit l'immense Jacques en prenant le morceau de papier avant de s'enfoncer entre les tables enfumées.

Sans avoir besoin de prononcer un seul mot, je tendis à Mme Anglais le petit miroir en marqueterie que j'avais volé à l'Exposition. Elle le prit et le fit disparaître dans la poche de sa robe.

– Comment va ma fille ? demanda-t-elle enfin.

– Les affaires marchent bien, répondis-je. Elle n'a pas encore appris à mentir aux clientes, mais elles reviennent quand même.

Mme Anglais étira les coins de sa bouche en ce qui constituait pour elle un sourire.

– La Bigleuse n'a jamais été très douée pour…

– LUPIN ! entendis-je hurler à ce moment-là.

Oh non, pensai-je. Je me retournai lentement. Vincent Sirop, planté au milieu de la salle, me pointait du doigt. Il avait le nez gonflé et bleuâtre, sans compter un imposant bandage au bras droit. Son oncle n'avait pas dû très bien prendre l'histoire de la broche en rubis.

– LUPIN, *JE TE DÉFIE !*

Un silence de mort tomba sur tout le tripot. Ganimard me jeta un regard terrorisé tandis que Mme Anglais faisait claquer sa langue, contrariée, sans intervenir. Les règles étaient les règles.

– Aux cartes ? me chuchota Ganimard. Il te défie aux cartes, hein ?

– Si seulement, répondis-je, les dents serrées.

Vincent Sirop s'avançait vers nous.

– Toi, tire-toi de là, gronda-t-il en écartant Ganimard d'une main. Alors, Lupin. Tu acceptes ? demanda-t-il à voix haute.

– Mais bien sûr, répondis-je nonchalamment. J'ai justement envie de me dégourdir un peu les articulations.

– Oh, moi aussi, rétorqua Vincent en faisant craquer ses doigts. Tu n'as pas idée.

Ganimard pâlit.

– Dehors ! ordonna Mme Anglais. Tout le monde dehors.

Le tripot tout entier se déversa à l'arrière, dans la cour, un rectangle de terre battue où, en temps normal, picoraient des poules et des poulets. Les spectateurs formèrent des groupes et commencèrent à parier.

– Je parie que c'est Lupin qui va gagner.

– Foutaises ! Tu as vu comme le neveu de Sirop est énervé ? Il va lui mettre une bonne raclée, je te le dis.

– Mais qu'est-ce que tu dois faire ? me demanda Ganimard, angoissé.

– Le détrousser… répondis-je en enlevant ma veste que je jetai par terre.

Ganimard se dépêcha de la ramasser et de la serrer contre lui.

– C'est tout ? Pour quelqu'un comme toi, ce sera un jeu d'enfant.

– … pendant qu'il essayera de me mettre en pièces, conclus-je.

– Ah.

– Écoute, commençai-je en prenant Ganimard par l'épaule. Si ça finit mal, dis à Jacques de te donner le nom et va voir l'auteur du tableau. Demande-lui de te parler de la femme qu'il a peinte et du diamant qu'elle porte au cou.

– Attends un peu, qu'est-ce que ça veut dire, « si ça finit mal » ? s'exclama Ganimard tandis que je m'avançais vers le centre de la cour. Lupin ! Qu'est-ce que ça veut dire ?

Je retroussai mes manches et rejoignis Vincent qui me regardait, l'air menaçant.

– Cette fois, tu ne m'échapperas pas, Lupin, gronda-t-il.

Mme Anglais s'approcha de nous et réclama l'attention de tout le monde avant d'exposer les règles du combat.

– D'un côté, une montre à dérober, dit-elle en me désignant, que son propriétaire défendra par tous les moyens, poursuivit-elle en montrant Vincent. Le défi prendra fin quand le combattant qui a été provoqué aura récupéré la montre. Ou quand son adversaire l'aura mis au tapis. Bonne chance.

Mme Anglais alla s'asseoir sur une chaise installée par son petit-fils. Puis elle sortit de la poche de sa robe une petite cloche qu'elle sonna. Le défi avait commencé.

Vincent rugit (littéralement) et se jeta sur moi.

J'entendis Ganimard hurler :

– À droite !

Je fis un pas de côté et ma main heurta la poche gauche de la veste de Vincent. Vide. La montre n'était pas là.

– Je vais te tuer ! vociféra Vincent en chargeant de nouveau.

– Reste baissé ! Reste *baissé* ! hulula Ganimard, terrorisé.

Cette fois, je ne fus pas assez rapide et Vincent réussit à me donner un coup de poing dans l'épaule. Je chancelai et luttai pour ne pas tomber. Si je finissais par terre, j'étais fichu.

– Attention ! Attention ! s'égosilla Ganimard, en proie à la panique. *Aaaah !*

– Tu ne m'aides pas beaucoup, l'ami ! lui hurlai-je en reculant pour éviter un nouveau coup de Vincent.

Je passai sous son bras tendu et tâtai sa poche droite. La montre n'était pas là non plus.

– Cette fois il va t'avoir ! Il va vraiment t'avoir ! cria Ganimard en se couvrant les yeux avec ma veste.

Vincent commença à me marteler d'une rafale de coups de poing. Droite, gauche, droite, gauche… Combien de temps allais-je encore réussir à les esquiver ? Les coups que m'avait portés la fille aux cheveux roux me faisaient mal et m'empêchaient de bouger aussi agilement que d'habitude.

Et pour finir…

– *Nooooon !*

J'entendis Ganimard crier juste avant que la main de Vincent ne vienne me caresser la tempe droite. Je finis par terre au milieu des exclamations d'horreur et de jubilation des spectateurs.

Mille points lumineux explosèrent devant mes yeux. Vincent se jeta sur moi de tout son poids pour m'écraser. Nous commençâmes à rouler dans la cour en essayant de nous enfoncer les doigts dans les yeux l'un de l'autre.

– Tu es fini, Lupin ! Fini ! exulta-t-il quand il réussit à m'immobiliser le bras.

À ce moment-là, mes yeux experts captèrent un éclat à travers le tissu élimé de sa chemise. L'infâme avait caché sa montre dans l'une de ses poches intérieures !

– Si j'étais toi, je n'y compterais pas trop, Sirop ! répliquai-je en glissant rapidement la main entre les boutons de son vêtement.

– Quoi ? NON !

J'attrapai la montre et…

– Défi terminé ! déclara Mme Anglais. Jacques, sors-le de là ! *Tout de suite !*

Jacques se dépêcha d'immobiliser Vincent qui, fou de rage, ruait et protestait en cherchant à se libérer.

– Je t'aurai un jour ou l'autre, Lupin ! Je te jure que je t'aurai !

– Quand tu veux, Sirop. Quand tu veux, lâchai-je en me relevant avant d'épousseter mes vêtements.

– Beau défi, Lupin, me dit un spectateur avant de quitter la cour.

– Merci, répondis-je en contrôlant le bleu que j'avais sur le tibia.

Il avait gonflé comme une prune.

– Mince, qu'est-ce que ça fait mal…

– J'étais persuadé qu'il te mettrait en pièces, commenta Ganimard en me rejoignant.

– Pendant une seconde j'ai eu comme l'impression que cela t'aurait attristé, remarquai-je en enfilant ma veste.

– Quoi ? Non ! rétorqua-t-il. Pas du tout. Je ne suis venu ici que pour le nom, tu le sais.

– À ce propos, allons voir ce que Mme Anglais a à nous dire.

Nous retournâmes à l'intérieur du tripot, où les joueurs avaient repris leurs cartes comme si rien ne s'était passé. Je parvins au comptoir, Ganimard sur mes talons. Mme Anglais nous attendait, un morceau de papier à la main. Elle le fit glisser vers moi.

– C'est le nom qu'il te faut, dit-elle en soufflant une longue bouffée de fumée. Pars, maintenant. Je ne sais pas combien de temps mon petit-fils réussira encore à retenir Vincent Sirop. Il t'en veut vraiment à mort, Lupin.

– Qu'est-ce que vous voulez, madame, souris-je. La célébrité engendre des ennemis.

– N'importe quoi, commenta Ganimard en levant les yeux au ciel.

– Merci pour votre aide, dis-je à la propriétaire du tripot.

Mme Anglais hocha la tête en silence.

– C'est le moment d'y aller, annonçai-je en jetant un coup d'œil à Ganimard.

– Je ne demande pas mieux, répondit-il.

CHAPITRE DOUZE

La toile de la reine

– Tout ce chemin pour en revenir au point de départ, marmonnai-je.

Nous étions arrivés devant la maison du peintre, qui habitait à un pâté de maisons de La Fourche, juste en face du moulin de la Galette, le repaire des artistes de la ville.

Ganimard frappa vigoureusement au portillon décoloré du modeste bâtiment à deux étages. Tous les volets étaient fermés à l'exception d'un seul, derrière lequel brillait une faible lumière orange.

Au bout de quelques instants, un visage rugueux apparut à la fenêtre.

– Qui êtes-vous ? Que voulez-vous ? demanda l'homme.

– Bonjour, monsieur, dis-je en enlevant mon béret. Nous cherchons Roland Gabin, le peintre.

L'homme, qui avait l'air plutôt négligé avec sa barbe mal rasée et ses cheveux gras, nous cracha dessus.

– Allez-vous-en, satanés usuriers !

– Eh, mais qu'est-ce qu'il lui prend ! s'exclama Ganimard en esquivant de justesse le grumeau de glaire marron.

– Nous ne sommes pas des créanciers, précisai-je. Nous voulons seulement vous parler d'un tableau.

– Un tableau ?

– Oui. Vous êtes bien Roland Gabin ?

L'homme sourit, l'air amer, avant de pousser un long sifflement. Un instant plus tard, une gigantesque tête poilue se montra à ses côtés.

– Lui, c'est Basile, dit le peintre. Et il n'aime pas les menteurs. Montez, le portillon est cassé. Il suffit de donner un coup de pied pour l'ouvrir. Mais si je découvre que vous êtes ici pour me soutirer de l'argent, vous aurez affaire à mon chien.

– Je suis sûr que nous nous entendrons à merveille avec Basile, souris-je.

– Si tu le dis... commenta Ganimard, peu convaincu.

Nous entrâmes dans le bâtiment et montâmes au deuxième étage où le peintre nous attendait sur le seuil de la porte en compagnie de son énorme chien. Je compris tout de suite qu'il avait proféré une menace en l'air : le chien se mit à remuer la queue dès qu'il nous vit.

– Bon chien, bon chien, ris-je quand il essaya de poser ses pattes sur mes épaules pour me lécher le visage.

– Hum, grogna le peintre.

Il portait un vêtement étrange, croisement entre une robe de chambre et une cape couleur ocre. En y regardant de plus près, je compris qu'il n'était pas vraiment vieux, seulement très négligé. Tout comme son appartement où flottaient une odeur désagréable de nourriture en décomposition, un relent âcre de térébenthine et une forte puanteur de chien mouillé. Dans toute la pièce s'amoncelaient des tours vacillantes de bocaux pleins de pinceaux, de pastels à l'huile, de toiles et de palettes.

Le peintre nous conduisit à travers l'appartement jusqu'au petit salon de la fenêtre duquel il s'était montré un peu plus tôt.

– Asseyez-vous, dit-il en indiquant un canapé recouvert d'un drap crasseux.

Ganimard et moi nous assîmes tandis que le peintre s'installait dans un vieux fauteuil en face de nous. Basile s'allongea à ses pieds.

– Alors, que voulez-vous exactement ? demanda l'homme en grattant sa barbe hirsute.

– Parler de ce tableau, répondis-je en sortant l'article de journal pour le lui montrer.

– Parler de ce tableau, hein ? répéta le peintre en plissant les yeux.

Il éclata d'un rire qui se transforma rapidement en

une quinte de toux. Je regardai autour de moi et aperçus un mouchoir abandonné sur une table basse.

– Tenez.

Le peintre s'en saisit et toussa dedans. Quand il l'éloigna de sa bouche, je vis que le mouchoir était taché de sang.

– J'ai peint ce tableau il y a trente ans, alors que j'étais encore un tout jeune homme, commença-t-il à raconter. Ma première commande. Ce fut Louise Bertin, l'actuelle propriétaire de la boutique Le Grand Mogol, qui m'en fit la demande. Elle connaissait mes parents qui lui avaient parlé de ma passion pour la peinture. Ils avaient compris ce que j'ai découvert bien plus tard, c'est-à-dire que je n'avais aucun talent.

Je regardai autour de moi et ce n'est qu'à ce moment-là que je remarquai qu'aucun des tableaux disséminés dans l'appartement n'était terminé. Ils avaient tous été abandonnés en cours de route.

– Que voulez-vous dire par là ? demanda Ganimard.

– Ce tableau n'est pas une de mes créations, répondit le peintre. Louise Bertin voulait une copie d'une vieille toile que sa grand-mère avait gardée à la cave pendant des années et qui s'était abîmée à cause de l'humidité. Rien de trop difficile, même pour un barbouilleur de toiles comme moi, continua-t-il, amer.

D'autant que la commanditaire voulait un tableau avec des couleurs plus sombres que celles de l'original pour pouvoir l'exposer au magasin sans risquer de déclencher de fâcheux incidents.

– Je ne comprends pas, dis-je.

– Ah, mais bien sûr. Vous ne pouvez pas l'avoir reconnue. Pas avec ces cheveux, murmura le peintre.

– Qui aurions-nous dû reconnaître ? La femme ? demandai-je.

Il acquiesça.

– Marie-Antoinette, précisa-t-il.

Ganimard et moi échangeâmes un regard stupéfait.

– Le sujet du tableau… c'est la *reine* ?

– Oui, confirma Gabin. Rendue méconnaissable par des cheveux noirs et des vêtements austères. Si différente de la femme frivole aux habits tapageurs et aux perruques vaporeuses que tout le monde a en tête. Mais oui, c'est bien elle. La grand-mère de Louise Bertin, la célèbre Rose, était sa modiste personnelle et possédait de nombreux portraits de sa meilleure cliente. Mais pendant la Révolution, Rose dut fuir en Angleterre en laissant la plupart de ses biens ici, à Paris. Beaucoup furent confisqués, d'autres oubliés dans des caves humides et des greniers poussiéreux. Jusqu'à la fin de sa vie, la modiste resta fidèle à sa reine adorée. Sur son lit de mort, elle fit promettre à sa petite-fille de sauver ses portraits. Louise mit des années à retrouver leur trace avant de découvrir qu'ils étaient tous bons à jeter. Tous, sauf un.

– Celui dont vous avez réalisé une copie, conclus-je.

– Exactement.

– Et le diamant, intervint Ganimard qui brûlait d'en venir au fait, il était déjà dans le tableau original ?

– C'est étrange que vous me parliez de ce diamant, commenta le peintre. Pourquoi est-ce qu'il vous intrigue tant ? D'ailleurs, vous ne m'avez pas non plus dit pourquoi ce tableau vous intéresse, remarqua-t-il, plein de soupçon.

– Eh bien…

J'essayai de penser à une excuse plausible, mais Ganimard résolut le problème de la manière la plus simple et la plus inattendue qui soit : en disant la vérité.

– Parce que nous pensons que c'est Maître Moustache qui a volé ce tableau, répondit-il. Et nous voulons le capturer.

– Maître Moustache ? répéta le peintre. Cet homme n'est qu'une légende, les enfants. Une invention de la presse pour vendre des journaux et alimenter les commérages.

– Peut-être, répondit Ganimard en haussant les épaules. Mais nous y croyons.

– Ah, la fougue de la jeunesse… commenta le peintre, l'air bienveillant. Vous savez, je regrette un peu de ne plus avoir votre âge. La conviction que tout est possible, la confiance dans l'avenir…

– Le diamant, insista Ganimard. Parlez-nous du diamant.

– Que puis-je vous dire ? J'ai vendu mon âme pour le peindre. Une pierre avec *vingt facettes* ! Réussir à reproduire fidèlement le reflet de la lumière sur sa surface a été un véritable exploit. Le seul dont je puisse me vanter, à vrai dire.

Ganimard et moi échangeâmes un regard.

Il ne sait pas, pensai-je. Le peintre ne soupçonnait pas qu'il avait peint un des célèbres diamants disparus. Mais pourquoi Marie-Antoinette le portait-elle au cou ? La comtesse de La Motte et le comte de Cagliostro lui avaient-ils vendu un diamant avant d'emporter les pierres à l'étranger ? Ou peut-être… peut-être ce diamant était-il le *même* que celui volé par Maître Moustache ? Diamant qui, avant d'arriver dans les mains de Baptiste Bassenge (et dans la tête de son hibou empaillé), était resté quelque temps autour du cou de la reine ?

Je n'avais aucune idée de ce qu'il s'était passé cent ans auparavant. Mais une chose était sûre : j'avais enfin trouvé un lien entre le vol du tableau à la boutique Le Grand Mogol et celui du diamant à la bijouterie Bassenge. *La reine*.

*

– Je n'ai pas l'intention de le dire à mon père, déclara Ganimard dès que nous mîmes les pieds hors de la maison du peintre.

Je ne dis rien. J'avais compris pourquoi Ganimard voulait trouver Maître Moustache avant son père : il souhaitait désespérément faire bonne figure à ses yeux.

– Il croit que je suis un incapable, poursuivit Ganimard en confirmant mon intuition. Et peut-être qu'il n'a pas complètement tort. L'autre jour, au commissariat, j'ai semé la pagaille dans les archives, alors que je voulais seulement l'aider.

Je me rappelais très bien la scène.

– C'est juste que… je n'arrive pas à bien lire, avoua-t-il. Je *sais* lire, mais parfois les lettres se déplacent… commença-t-il avant de s'interrompre pour me regarder. Tu vas croire que je suis fou.

– Pour si peu ? répondis-je. Tu devrais essayer de passer quelques jours à La Fourche. Ton idée de « folie » changerait radicalement, crois-moi.

Ganimard m'adressa un sourire triste en guise de remerciement.

– Tu n'as jamais parlé de ton problème à personne ? demandai-je. Je ne sais pas, à ton précepteur, par exemple ?

– Non. Il le sait bien, mais il a promis de ne rien dire à mon père.

– Bah, peut-être qu'il ne réagirait pas comme tu le crois, dis-je. C'est ton père, après tout. Il devrait t'accepter pour ce que tu es.

Ganimard marmonna quelque chose comme « Oui, peut-être » et je décidai de laisser tomber. C'était un sujet très délicat et je ne pouvais pas vraiment me vanter d'être un expert en relations familiales.

Je regardai autour de moi et vis des affiches sur un mur à quelques mètres du moulin de la Galette.

– Essaye de lire ça, suggérai-je à Ganimard.

À contrecœur, il s'approcha d'une des pancartes. Elle représentait une belle femme en robe rouge qui dansait. À côté, on pouvait lire : *Moulin de la Galette. Soirées dansantes les jeudis et samedis. Également en matinée les dimanches et jours fériés.*

– *Miulon de la gelatte…* lut Ganimard à grand-peine. *Sérosie san… san…* continua-t-il avant de s'interrompre, abattu. Aujourd'hui, c'est pire que d'habitude.

– Nom d'un chien, laissai-je échapper.

Je ne savais pas quoi dire, d'autant qu'à l'époque j'ignorais, comme tout le monde (excepté les rares spécialistes qui étudiaient le phénomène), l'existence de la dyslexie. Sur le moment, je pensai que Ganimard avait simplement un sérieux problème de vue.

– Peut-être que cela passera avec le temps, avançai-je.

– Espérons-le, acquiesça Ganimard.

Je cherchais quelque chose de plus facile à lire quand mon attention fut attirée par une affiche qui n'avait rien à voir avec le moulin de la Galette.

THÉÂTRE TIRIQUE
XIVe arrondissement
Jusqu'au 29 mai se joue
MARIE-ANTOINETTE :
LA REINE SANS TÊTE
spectacle satirique

– Ganimard, l'appelai-je.

Il me regarda distraitement, encore concentré sur la pancarte précédente.

– Oui ?

– Je crois que nous devrions faire un saut dans ce théâtre.

Je lui résumai le contenu de l'écriteau. Il réfléchit.

– Que sais-tu de l'obélisque de la place de la Concorde et de la mairie du IIIe arrondissement ? me demanda-t-il finalement.

– Pourquoi ? répondis-je, perplexe.

– Nous avons établi que le lien entre le vol du tableau, le meurtre de Bassenge et le diamant disparu, c'est la reine. C'est bien cela ?

– Oui, acquiesçai-je.

– Nous devrions vérifier si les monuments que Maître Moustache a endommagés ont aussi quelque chose à voir avec la reine, poursuivit-il. Mon père dit toujours qu'avant de suivre une piste, il faut s'assurer qu'on est dans la bonne direction, sinon on risque de perdre un temps précieux.

Ganimard regardait l'affiche qui faisait de la réclame au spectacle satirique, l'air absorbé.

– Il a besoin de Cyrille et de Montel pour l'explosion, cela, j'en suis sûr, reprit-il. De Montel pour ses compétences en matière de nitroglycérine et de Cyrille parce que c'est un très bon mécanicien. Maître Moustache veut sûrement l'obliger à construire quelque chose qui permettra l'explosion.

– Ça se tient, approuvai-je en admirant la logique de Ganimard.

En fin de compte, il avait peut-être vraiment l'étoffe d'un policier.

– Si nous réussissons à montrer que l'obélisque et la mairie sont également liés à la reine, ce sera plus facile de comprendre ce que veut faire exploser Maître

Moustache, non ? Un monument lié à la monarchie, peut-être, comme le château de Versailles…

– Hum, j'espère vraiment que tu te trompes, dis-je. Mais admettons que…

Je m'interrompis. Une énorme colonne de fumée noire s'élevait à quelques dizaines de mètres de nous en obscurcissant le ciel de la fin d'après-midi. Quand je compris ce qui était au cœur de l'incendie, je laissai échapper un juron qui m'aurait valu un bon coup de cravache à l'orphelinat Laurent. Je me mis à courir malgré ma douleur à la jambe.

– Lupin ! m'appela Ganimard en criant. Lupin !

Je ne l'écoutai pas et continuai de courir. Je traversai la petite place carrée, remontai la ruelle bordée de vigne abandonnée et me retrouvai face à l'un de mes pires cauchemars.

La Fourche brûlait.

Chapitre treize

Le Théâtre Tirique

Pendant un instant, quand je vis les flammes qui enveloppaient la Tourelle, je n'arrivai plus à penser. Les cris de Rémi et des enfants, les appels de Ganimard, les exclamations d'horreur des habitants du quartier n'étaient que des sons indistincts à mes oreilles.

Puis je me ressaisis et analysai la situation plus objectivement. *Toute* La Fourche ne brûlait pas, seulement mon appartement et la Tourelle. Nous pouvions sauver le reste de l'immeuble.

– Vite, des seaux ! criai-je à Rémi. Allez au puits !

J'entrai dans La Fourche, Ganimard sur mes talons. Alix et Lucien Forge étaient en train de descendre l'escalier envahi de fumée avec leurs enfants.

– Dehors, dehors ! m'exclamai-je en les aidant à faire sortir les plus jeunes. Sortez ! ordonnai-je en ouvrant grand la porte de la Bigleuse.

Elle était en train d'essayer de faire sortir ses chats qui s'étaient réfugiés sous un canapé.

– Je ne les abandonnerai pas ici ! répliqua-t-elle sans bouger.

– Je m'en occupe, s'offrit Ganimard.

Pendant qu'il aidait la chiromancienne, je montai l'escalier en me protégeant le nez et la bouche avec le bras.

– Adélard ? appelai-je en frappant à la porte de son appartement.

Aucune réponse. Il n'était pas là. J'atteignis le troisième étage où le Carré traînait des sacs pleins d'objets volés hors de son appartement.

– Malédiction, j'ai dévalisé la maison d'un banquier cette nuit même… Mais où vas-tu, Lupin ? Viens avec moi, tu ne peux rien faire !

J'ignorai ses paroles et continuai à monter, la manche de ma veste appuyée contre mon nez. Je trouvai la porte de mon grenier ouverte et entrai. Le mur en face de l'entrée était en train de brûler. Je montai sur la table, ouvris la trappe et fus assailli par une bouffée de chaleur.

– Ah ! criai-je en portant la main à mon visage.

Je passai la tête par la trappe et compris qu'il n'y avait presque plus rien à sauver. Tous les articles que j'avais collectés en près de trois ans partaient en fumée ; derrière moi, le canapé se réduisait peu à peu à un tas de cendres et j'allais finir comme lui si je ne m'éloignais pas très vite.

Puis j'entendis des voix provenant du toit. Le contenu d'un seau d'eau tomba à l'intérieur de la Tourelle par la fenêtre ouverte, puis un deuxième, et encore un autre…

– Allez, les gars ! Il faut qu'on sauve la maison de Lupin ! Plus vite avec les seaux !

Les enfants de La Fourche, menés par Rémi, étaient montés sur le toit de l'immeuble et faisaient tout leur possible pour éteindre les flammes.

– Ne t'inquiète pas, Lupin ! me cria Rémi par la fenêtre. On s'en occupe !

Et il tint sa promesse. Grâce à l'aide des habitants, non seulement de La Fourche, mais du quartier tout entier, nous réussîmes à sauver le bâtiment. Certes, la Tourelle était réduite à un squelette de briques sans poutres ni cadres de fenêtres et les meubles du grenier avaient brûlé, mais je pouvais encore dire que j'avais une maison.

– Tu penses que c'est Maître Moustache ? me demanda Ganimard quelques heures plus tard.

Nous étions assis devant l'entrée de La Fourche, épuisés et couverts de suie. Rémi et les enfants, à bout, s'étaient glissés dans un sous-sol pour dormir. Nous assistions à un défilé constant de personnes du quartier qui passaient devant La Fourche pour s'assurer que nous allions tous bien et, parfois, pour nous apporter à manger.

– Tiens, Lupin, ma femme les a cueillies ce matin à la campagne, dit un homme en déposant un panier de pêches devant l'immeuble.

– Lupin, on m'a dit ce qu'il s'est passé, je suis désolé, déclara Pascal en apparaissant avec son accordéon en bandoulière et Tricher sur les épaules.

Il traînait un vieux matelas derrière lui.

– Tiens. Ce n'est pas grand-chose, mais c'est toujours mieux que rien.

– Merci, Pascal.

Ganimard, impressionné par ma popularité, observait le spectacle en silence.

Pour en revenir à sa question, j'étais presque sûr que c'était Maître Moustache qui avait mis le feu à la Tourelle. L'odeur de pétrole qui imprégnait les murs ne m'avait pas échappé. Et pourtant… Pourquoi n'avait-il pas utilisé la nitroglycérine, puisqu'il en avait plusieurs kilos ? Cela aurait été beaucoup plus efficace.

– Oui, je pense que c'est lui, répondis-je. La rousse lui a sûrement parlé de notre rencontre, hier soir, poursuivis-je, et cela n'a pas dû lui plaire.

– Je n'aimerais pas être à ta place, murmura Ganimard. Qu'est-ce qu'on fait, maintenant ?

Je sortis les articles que j'avais réussi à sauver de la Tourelle et j'en tendis deux à Ganimard.

– Tu avais raison. Lis ça.

Ganimard prit une des coupures de journal.

– « Verbè... tishoie... » commença-t-il à lire, avant de me rendre la feuille.

Je déchiffrai alors à voix haute :

– « Brève histoire de l'obélisque de Louxor, également connu sous le nom d'obélisque de la place de la Concorde. Certains se rappelleront qu'il fut offert à la ville par le gouverneur d'Égypte, Méhémet-Ali, en 1833. Trois ans plus tard, il fut inauguré au centre de la place, à l'endroit exact où furent autrefois... »

Je m'interrompis un instant.

– « ... où furent autrefois guillotinés Marie-Antoinette et Louis XVI », terminai-je.

Il me regardait, stupéfait.

– L'obélisque aussi a un lien avec la reine. C'est là qu'elle est morte !

– Exactement. Et écoute ça, ajoutai-je en lisant l'autre article : « L'incendie de la mairie du IIIe arrondissement a provoqué une vive inquiétude parmi les habitants du quartier. Depuis plusieurs jours, ils se disent terrorisés par les légendes qui circulent autour de l'édifice. En effet, autrefois s'élevait, à la place de la mairie, la tour du Temple, célèbre prison où logea la famille royale avant l'exécution de Marie-Antoinette et de Louis XVI. Ainsi, les légendes sur l'Orpheline du Temple... »

– Incroyable, murmura Ganimard. J'avais raison.

– Oui, répondis-je en lui donnant une tape sur l'épaule. Ton père devrait être fier de toi. Tu deviendras un grand policier.

– Ah ça... sourit Ganimard. Mais je me suis complètement trompé sur une chose : Maître Moustache veut *venger* la Monarchie, pas l'attaquer. Ce doit être un partisan de la vieille famille royale. Il y en a encore. Les journaux reçoivent tous les jours des lettres de déséquilibrés qui souhaitent la chute de la République et le retour à la Monarchie. Je le sais par mon père, c'est une question d'ordre public. Que veux-tu faire maintenant ? demanda-t-il en me jetant un coup d'œil.

– Allons au Théâtre Tirique, répondis-je en me levant. J'ai l'impression que le spectacle sur la mort de la reine pourrait intéresser Maître Moustache.

– On y est presque, Lupin, sourit Ganimard. Je le sens.

*

Le Théâtre Tirique était un petit bâtiment niché au cœur de Montparnasse, à quelques pas du cimetière du même nom. Une belle marquise en verre et en fonte surmontait les portes d'entrée vitrées, éclairées par des lanternes qui se balançaient. Le spectacle était sur le point de commencer et le trottoir devant le théâtre était désert.

Ganimard et moi entrâmes avant d'être immédiatement arrêtés par le guichetier.

– Où pensez-vous aller comme ça, tous les deux ?

– Voir le spectacle, répondis-je.

Je montrai les faux billets que nous avions demandés à Adélard avant de quitter La Fourche. Le faussaire ne m'avait pas déçu et avait dégainé deux billets fraîchement imprimés pour le spectacle du soir même.

L'employé les prit et les examina attentivement.

– Hum, murmura-t-il, plein de doutes. Voyons…

Allez, allez ! Fais-nous entrer ! priai-je en mon for intérieur. *Dépêche-toi !*

– … c'est tout bon, reprit-il. Mais vous devrez passer par l'arrière et vous installer dans la galerie. Le parterre est déjà complet.

– D'accord, merci !

Nous sortîmes et fîmes le tour du bâtiment pour atteindre l'entrée de service. Après avoir montré les billets à la personne qui les vérifiait à la porte, nous entrâmes pour nous retrouver dans un véritable tohubohu : des acteurs qui déclamaient des vers dans le vide, des couturières qui se dépêchaient de fixer les derniers points sur les costumes, des scénographes avec des clous et des marteaux à la main, des machinistes qui s'affairaient avec des cordes et des outils…

– Je ne pensais pas que les théâtres pouvaient être si vivants, avoua Ganimard tandis que nous cherchions à suivre les indications pour atteindre la galerie.

– Regarde, il faut monter cet escalier, dis-je en lisant un panneau.

Juste avant de m'y engager, je remarquai deux comédiens assis sur un banc. C'étaient deux enfants : le premier n'avait pas plus de quatre ou cinq ans, la deuxième en avait environ onze. Ils portaient de somptueux habits de scène et des perruques vaporeuses ; leurs visages étaient couverts de fard blanc et leurs lèvres, peintes en rouge.

– Lupin, dépêche-toi ! m'exhorta Ganimard.

– J'arrive, j'arrive.

Nous atteignîmes la galerie. Elle était bondée. Nous réussîmes malgré tout à trouver deux places sur le côté, d'où nous pourrions voir tout ce qu'il se passerait au-dessous.

– Nous devrions nous séparer, proposa Ganimard. Je descends surveiller l'entrée.

– Bonne idée. Moi, je reste ici. Peut-être que Maître Moustache se montrera et…

– MESDAMES ET MESSIEURS, BIENVENUE AU THÉÂTRE TIRIQUE !

Ma phrase fut interrompue par un tonnerre d'applaudissements. Le directeur du théâtre venait d'apparaître sur scène, vêtu d'un complet noir brillant.

– En cette année si importante pour l'histoire de notre nation, nous avons décidé de mettre en scène une comédie qui vous ravira, j'en suis sûr ! Applaudissez bien fort nos comédiens et que le spectacle commence !

Le directeur quitta la scène et le rideau se leva pour révéler le décor composé d'un canapé, de deux fauteuils, d'un grand lustre en cristal et de plusieurs paravents.

Marie-Antoinette fut la première à entrer, aussitôt suivie du roi. Le public se mit à ricaner dès les premières répliques. Pour ma part, je prêtais peu attention à ce qu'il se passait sur scène et continuais à passer en revue les hommes qui se trouvaient dans la salle.

Après le premier acte, Ganimard me rejoignit dans la galerie. Les entrées avaient été fermées et personne ne pouvait plus pénétrer dans le théâtre jusqu'à la fin de la représentation. Je ne voyais toujours pas l'ombre de Maître Moustache. Le criminel ne se montra même pas au moment des répliques les plus injurieuses contre la reine, que le public accueillit par des torrents d'applaudissements et de fous rires.

Peut-être m'étais-je trompé, après tout. Peut-être Maître Moustache n'avait-il même pas eu connaissance du spectacle. Au fond, nous étions dans un modeste théâtre à la périphérie de Paris. Ce n'était pas l'Opéra.

– Lupin, regarde. La guillotine, chuchota Ganimard à ce moment-là en montrant la scène du doigt.

Le comédien qui jouait Louis XVI s'avança vers le terrible instrument de mort, une main sur le cœur.

Être roi, quel ingrat métier !
Je ne suis pas fait pour régner :
Peu de joies, beaucoup de soucis,
De conflits, d'angoisse et d'ennuis !

Marie-Antoinette soupira. Un peu en retrait, elle agitait un éventail en plumes particulièrement voyant.

Toute la journée à pleurer,
Il est roi, quelle absurdité !
Il crie, il pleurniche et se plaint,
Et moi, comblée je ne suis point.
Même la nuit, aucun repos,
C'est à toute heure un concerto !
L'hommage de son postérieur
À la lune en fait un chanteur.

Dans les coulisses, un bruit de pet percutant explosa et le public éclata d'un rire grossier. Le roi ne tint aucun compte de la réplique de sa femme et leva les bras au ciel.

Et de nos enfants adorés,
Le destin est déjà scellé !
Papa perdra bientôt la tête…

La reine compléta la rime, l'air mauvais.

Oh non ! Mais ce serait trop bête !

– Mais c'est que c'est drôle ! déclara Ganimard en ricanant. Je devrais aller plus souvent au théâtre.

Pensif, je continuais à fixer la scène. Les enfants que j'avais vus un peu plus tôt dans les coulisses étaient entrés et le roi les serrait passionnément dans ses bras.

Mon doux prince, si enfantin,
De la France tu es Dauphin !
Suis le conseil d'un souverain…

Marie-Antoinette soupira de nouveau.

Qui nous a mis dans le pétrin !

Le roi l'ignora et poursuivit.

… Qui est dans un bourbier sans fin :
La populace juge bien,
Ton petit cerveau n'oublie point.

L'enfant ôta sa perruque et révéla un faux cerveau de la taille d'une noix.

La reine s'enflamma.

Quelle gêne, quel embarras !
La honte ne me quitte pas !
Tant pis, que tous soient au courant,
Jeunes, vieillards et chenapans :
Sous ma perruque très fournie,
Une grosse courge je suis !

La reine révéla l'énorme courge cachée sous ses faux cheveux. Dans le public retentit une explosion de rires et d'applaudissements.

À ce moment-là, le roi s'adressa à sa fille.

Et toi, ma petite encore en enfance,
Tu ne seras jamais reine de France !
Une martyre de toi on fera :
L'Orpheline du Temple tu seras.

– Attends un peu… murmurai-je en me levant. *L'Orpheline du Temple.* Ganimard, l'article en parlait…

– Mais que fais-tu, jeune homme ? Assieds-toi ! protestèrent les spectateurs derrière moi.

– Allez, baisse-toi !

– Oh ! Assis !

Je me retournai pour m'excuser et c'est alors que je le vis. Debout près de l'escalier qui menait au parterre, il portait un long manteau sombre. Il souriait sous son épaisse moustache noire en tout point pareille à celle qu'il avait cette nuit-là, des années auparavant, à l'orphelinat. Ses yeux glacials fixaient la scène, comme hypnotisés.

– Ganimard… !

Je n'eus pas le temps de l'avertir, car, à ce moment-là, j'entendis une détonation à l'étage au-dessous. Je regardai la scène : les rideaux avaient pris feu ! Tout le public se précipita vers la sortie en quête de salut tandis que le théâtre se remplissait de fumée.

Je montai sur le dossier en velours de mon siège et me dirigeai droit sur Maître Moustache en faisant l'équilibriste. Mon adversaire continuait à observer la pagaille provoquée par l'explosion, l'air satisfait.

– Lupin ! m'appela Ganimard.

– C'est lui ! criai-je en montrant Maître Moustache. Je ne peux pas le laisser m'échapper !

Sans attendre Ganimard, je continuai à m'approcher de Maître Moustache qui, entre-temps, avait quitté la galerie. Je courus dans le couloir et eus juste le temps d'apercevoir le pan d'un manteau sombre qui disparaissait derrière une porte de service. Je le suivis.

La porte s'ouvrait sur un couloir étroit qui se terminait par un escalier tortueux en colimaçon. Je montai les marches rouillées sans perdre de temps. Je débouchai sur une passerelle qui donnait sur une petite terrasse où étaient rangés de vieux objets de décor. Je sortis et tournai sur moi-même. Maître Moustache s'était évanoui dans la nature. Je courus jusqu'au parapet pour observer les toits plus bas et la route. Une petite foule s'était formée autour du théâtre à cause de l'incendie et la fumée emplissait peu à peu l'air.

Malédiction, pensai-je. *J'étais à ça !*

Je me retournai pour aller chercher Ganimard mais…

– L-Léon ?

Mon camarade de chambre, l'enfant que j'avais élevé et protégé des vexations de Mme Générouse et de son mari, se tenait devant moi. Mais ce n'était plus le garçon d'autrefois. Il avait perdu son air innocent et craintif. Il me fixait désormais d'un regard inexpressif tout en pointant un couteau sur moi.

– Léon. C'est moi, Lupin. Tu ne me reconnais pas ?

Il continua à me fixer comme s'il ne me voyait pas.

– Tu as été méchant, Lupin, dit-il d'une voix traînante. Mme Générouse le disait tout le temps.

– Léon, mais que t'a-t-il fait ? demandai-je, paralysé.

Des silhouettes sombres émergèrent de l'ombre pour se diriger vers moi.

– Non, attendez ! tentai-je de les arrêter quand je vis qu'il s'agissait d'autres enfants de l'âge de Léon. Ne bougez pas ! Ne…

Ils m'immobilisèrent. Quelqu'un appuya un morceau de tissu imprégné de liquide contre mon nez et ma bouche. Je me forçai à retenir ma respiration, mais cette odeur était reconnaissable entre toutes.

Du laudanum…

Je perdis connaissance avant même d'avoir pu formuler ma pensée.

CHAPITRE QUATORZE

La véritable histoire de Maître Moustache

– Suis-je mort ?

– Tu n'attends vraiment pas grand-chose du paradis, l'ami.

Endolori, j'ouvris les yeux pour regarder autour de moi, l'odeur du laudanum me brûlant encore les narines. J'étais enfermé dans une pièce aux murs de pierre, sans fenêtre, le sol recouvert de paille puante, en compagnie de…

– Cyrille Laubion et Anselme Montel, je présume.

Les deux hommes étaient assis de l'autre côté de la pièce, le dos appuyé contre le mur et les poignets attachés à un anneau de fer au-dessus de leur tête, exactement comme moi.

– Qui es-tu ? demanda Cyrille.

C'était lui qui m'avait répondu quelques instants auparavant. S'il n'avait pas eu exactement la même voix que Cyrano, j'aurais douté que ces deux-là soient vraiment frères. Cyrille avait un physique beaucoup plus sec que Cyrano, des yeux clairs et des cheveux d'une nuance singulière de roux.

– Je m'appelle Lupin, répondis-je. Je suis un ami de ton frère.

– Cyrano ? Il va bien ?

– Oui, le rassurai-je.

– Est-ce que quelqu'un sait que tu es ici ? demanda Montel, plein d'espoir.

– Non.

L'homme secoua la tête, désespéré. Il était plus vieux que ce qu'indiquait le rapport de police, à moins que la captivité ne l'ait réduit à cet état. Il était squelettique, avec des lèvres livides, des yeux cernés et le regard éteint.

– Où sommes-nous ? demandai-je.

– Je ne sais pas. Nous n'avons pas vu la lumière du soleil depuis des jours. Nous avons passé tout notre temps dans ce bâtiment à exécuter les satanées requêtes de ce fou à moustache, répondit Cyrille avec colère.

En fin de compte, Cyrano et lui avaient pas mal de choses en commun.

– Nous y avons été obligés, intervint Montel, la voix tremblante. Il a menacé nos familles, tu comprends ? Et maintenant… maintenant toutes ces personnes mourront à cause de nous…

– Attendez un peu. Vous parlez de l'explosion, c'est bien ça ? l'interrompis-je.

– Comment es-tu au courant ? demanda Montel.

– C'est une longue histoire. Dites-moi, que veut faire sauter Maître Moustache ?

Cyrille et Montel échangèrent un regard qui trahissait leur sentiment de culpabilité. Quels que soient les plans de Maître Moustache, c'étaient eux qui les avaient rendus possibles.

– La tour Eiffel, répondit enfin le mécanicien.

– La tour Eiffel ? répétai-je, le souffle court. Il n'y arrivera pas ! Ce sont des tonnes et des tonnes de barres de fer et d'acier !

– Il peut y arriver, grâce à la cordite, soupira Montel.

– La cordite… L'explosif que vous étiez en train de mettre au point avec James Dewar, l'homme de Cambridge ?

– Mais… ? commença Montel, surpris.

– Je suis au courant de vos expériences, l'interrompis-je. Mais cela n'a pas d'importance pour le moment. Il faut que vous me disiez tout ce que vous pouvez sur les plans de Maître Moustache.

La porte s'ouvrit dans un grincement sinistre et révéla une silhouette désormais familière, reconnaissable à sa moustache, son haut-de-forme et son manteau noir.

– Je serai plus que ravi de te satisfaire en personne, mon jeune Lupin.

Maître Moustache entra dans la pièce, suivi par Léon et un autre garçon. Ils avaient tous les deux le même regard vide et éteint.

– Vous n'êtes qu'une canaille ! s'exclama Montel. Dewar et moi n'avons pas inventé la cordite pour que vous puissiez l'utiliser de cette manière !

– Ah non ? commenta Maître Moustache, moqueur. Et de quelle manière pensiez-vous qu'on emploierait un explosif de ce genre, professeur Montel ?

– Pas… pas pour tuer des centaines d'innocents, répliqua faiblement le chimiste.

– C'est étrange, les explosifs servent justement à cela habituellement. Lui, ajouta Maître Moustache en me montrant du doigt.

À l'aide d'une clef, Léon et l'autre garçon ouvrirent l'anneau en fer qui entourait mes poignets avant de me pousser hors de la pièce, dans un couloir éclairé par des torches vacillantes. Maître Moustache entra dans une autre cellule aux murs en pierre, au centre de laquelle se trouvaient une table et deux chaises. L'air était lourd et sentait…

– Le vin, dit Maître Moustache en indiquant la chaise vide de l'autre côté de la table. Autrefois, on conservait des fûts de beaujolais ici.

Je m'assis pendant que Léon et son compagnon quittaient la pièce.

– J'ai bien peur de ne pas être la bonne personne pour ce genre de conversation. Je ne suis pas un expert en vins.

– Cela ne me surprend pas, commenta Maître Moustache. Je te conseille de ne pas essayer de fuir, Lupin, ajouta-t-il en montrant mes poignets libres. Si mes jeunes amis te surprenaient à te promener tout seul, ils n'hésiteraient pas à te tuer.

– Vos jeunes *amis*. De pauvres êtres que vous achetez dans les orphelinats.

– Tu crois qu'ils seraient mieux dans ces endroits effroyables ? me demanda Maître Moustache en éclatant de rire. Ou dans les rues de cette décharge qu'est la ville de Paris ? Tu n'es qu'un naïf, Lupin. Tu ne vois pas ? Je leur ai offert la liberté. Le pouvoir.

– Dommage qu'ils ne s'en rendent pas compte, répliquai-je. Qu'utilisez-vous pour les droguer ?

– Une de mes recettes secrètes, sourit-il, satisfait. Tu sais, poursuivit-il, je regrette que Mme Générouse ne t'ait pas vendu à moi quand tu étais petit. Tu aurais fait un excellent collaborateur. Si fin, si vif, si perspicace. Tu aurais pu être mon bras droit. Au fond, nous nous ressemblons, toi et moi. Nous sommes tous les deux des criminels.

– Non, répliquai-je. Nous ne nous ressemblons pas

du tout. Moi, je ne vole pas pour m'amuser, je n'ai jamais fait de mal à personne et, surtout, je n'ai jamais projeté de tuer des centaines de personnes. Pourquoi la tour Eiffel ?

– Tu ne l'as pas encore compris ? Et pourtant je pensais que tu aurais résolu le mystère, à l'heure qu'il est.

– Je sais que tout est lié à la reine Marie-Antoinette, dis-je. Les monuments que vous avez visés ont un rapport avec son emprisonnement et à sa mort. Le tableau que vous avez volé la représente avec, au cou, un des diamants du collier fabriqué par le grand-père du bijoutier que vous avez assassiné…

– Tout cela est exact, confirma Maître Moustache. Mais tu n'as *vraiment* pas compris pourquoi je l'ai fait.

– Vous êtes fou, affirmai-je. Les fous n'ont aucune raison de faire ce qu'ils font.

– C'est une solution un peu trop facile, tu ne crois pas ? rit Maître Moustache.

– Et c'est aussi la seule. Vous avez étranglé un homme pour voler un des diamants disparus…

– Les diamants disparus ? Ces pierres ne m'ont jamais intéressé. Ce n'est pas pour cela que j'ai tué Bassenge, répliqua Maître Moustache.

– Je ne comprends pas… murmurai-je, perplexe.

Alors la fille aux cheveux roux n'a pas volé le diamant pour lui… compris-je soudain.

– J'ai tué Bassenge pour me venger de son grand-père et de l'affaire qui a éclaté à cause de son collier, reprit Maître Moustache. C'est à la suite de ce scandale que le peuple a commencé à haïr la reine.

– Et cela vous semble une bonne raison pour tuer un innocent ? rétorquai-je. Pour une histoire vieille de cent ans ?

– Tu ne comprends toujours pas. Comment le pourrais-tu ? Tu n'es qu'un orphelin, Lupin. Un garçon *sans racines. Sans passé*. Sans identité. Tu ne peux pas comprendre combien il est important de connaître ses *origines*. Combien elles font de nous ce que nous sommes. Combien notre destin est lié à elles. Laisse-moi te raconter une histoire, poursuivit Maître Moustache en se levant pour marcher dans la pièce. Tu le veux bien ?

– Je ne pense pas avoir le choix.

– Non, sourit Maître Moustache. En effet. Mais elle va te plaire, je peux te l'assurer. Tout commence en 1845, avec ma naissance dans un petit village de Normandie. Un endroit perdu, une poignée de maisons à des kilomètres de la ville la plus proche. Mes parents étaient deux personnes simples, humbles, qui se contentaient de vivre en labourant la terre et en vendant des légumes au marché. Peux-tu imaginer une existence plus triste ?

– Cela me paraît être une vie honnête. Ce n'est pas rien.

– Oh, tu te trompes. Tu te trompes, mon cher Lupin, car c'était une existence fondée sur le mensonge. Sur un *secret*. Un secret que mon père avait décidé de garder pour lui. Jusqu'au jour de sa mort, il y a dix ans. Ma mère était partie depuis longtemps déjà, nous étions restés seuls tous les deux. Quel égoïste. Il ne voulait pas me laisser vivre libre. Il avait peur que je parte, peur de rester seul s'il me le disait.

– Disait *quoi* ?

– Qui j'étais vraiment. Qui *je suis*.

Je restai silencieux. Je ne voulais pas lui donner la satisfaction de manifester de l'intérêt pour son histoire. Mais en réalité, j'étais dévoré par la curiosité.

– Sais-tu pourquoi j'ai choisi la tour Eiffel ?

– Parce que vous faites partie des détracteurs de l'« asperge de fer », comme ils l'appellent tous ?

– Pas pour les raisons que tu crois. Même si, c'est vrai, je la trouve laide. Mais ce n'est pas tant son aspect qui provoque ma haine que sa *signification*. Tu sais ce que c'est ?

Bien sûr que je le savais. C'était écrit dans tous les journaux depuis des mois.

– C'est le symbole du centenaire de la Révolution, répondis-je. Quelle importance ?

– Tu n'y es toujours pas, n'est-ce pas ? fit Maître Moustache en me regardant, déçu.

– Non, et cela ne m'intéresse pas ! Je ne veux pas savoir quelle folie peut bien vous pousser à tuer autant d'innocents. Vous allez éliminer des familles entières…

– Comme ils ont éliminé la mienne ! s'exclama Maître Moustache en pointant un doigt dans ma direction. Mes arrière-grands-parents. Mon grand-oncle. Et *ma grand-mère*… Ils ne l'ont pas tuée, non, mais elle a été obligée d'éloigner mon père. Ils nous ont privés de notre identité !

Je restai silencieux, perdu.

– Lupin, à quel moment de la pièce l'incendie a-t-il commencé au Théâtre Tirique ?

Je revins mentalement en arrière de quelques heures. *Marie-Antoinette se moque de son mari, Louis XVI se désespère de sa mort imminente, le petit Dauphin écoute le discours de son père et la princesse… L'Orpheline du Temple… Elle…*

Je regardai Maître Moustache, et tout à coup je compris.

– L'Orpheline du Temple… La princesse… C'était votre… *grand-mère* ?

– Enfin ! lâcha Maître Moustache en ouvrant grand les bras.

– Votre père était donc… le petit-fils de la reine

Marie-Antoinette, murmurai-je. Si la Révolution n'avait pas éclaté, il aurait été…

– Roi, conclut Maître Moustache. Mon père aurait été roi de France.

– Pourquoi personne n'a jamais entendu parler de lui ?

– Parce que personne n'a jamais su que ma grand-mère, l'unique survivante d'une famille autrefois grandiose, balayée par la folie d'un peuple avide de cruauté, eut un fils tardivement. Pourquoi aurait-elle dû le faire savoir au monde entier, quand le monde entier ne faisait que s'acharner sur elle ? Traitée comme un pion, une monnaie d'échange, un nom à utiliser dans des intrigues politiques de la pire espèce, elle fut obligée de priver mon père et moi de notre nom, expliqua Maître Moustache en secouant la tête. De notre hérédité. De tout. Peu avant sa mort, poursuivit-il en se caressant la moustache, mon père m'a révélé la vérité. Comme tu peux l'imaginer, j'en fus bouleversé. Moi, héritier de la famille royale ? Cela me semblait complètement insensé. J'avais gâché les trente premières années de mon existence à vivre dans un mensonge. Je compris alors quel était mon destin, quel était mon but. J'étais venu au monde pour une raison bien précise : *venger ma famille.* Et ce soir, la tour Eiffel disparaîtra.

– Un siècle s'est écoulé depuis la Révolution !

répliquai-je. Vous ne vengerez personne. Ils sont tous morts à présent, ils ne reviendront jamais. Vous ne ferez que tuer des innocents.

– Ma famille aussi était innocente, déclara Maître Moustache, le regard impassible. Et cette tour, cette obscénité, a été construite pour fêter leur mort.

– Je suis curieux, le provoquai-je. Comment comptez-vous réussir ? La Tour semble indestructible.

– À ton avis, mon jeune Lupin, toi qui es si malin, à quoi la cordite doit-elle son nom ?

– À une étrange lubie de Montel et de son collègue anglais ?

– Au fait qu'on peut en enduire les cordages. Et cette nuit, mes jeunes amis ont grimpé sur la Tour pour y fixer des dizaines et des dizaines de mètres de cordes.

– Et ensuite ? demandai-je.

– Ensuite, avec l'aimable collaboration de Cyrille, notre mécanicien, toutes les cordes prendront feu au même moment grâce à un moteur placé dans la galerie des Machines. Imagine la stupeur des visiteurs : des langues de feu qui courent le long des allées de l'Exposition ! Ils penseront à un effet scénique. Ils les regarderont brûler, ils les verront converger vers la Tour. Alors seulement, ils commenceront à s'inquiéter, mais il sera déjà trop tard. La Tour tombera en miettes sur leur tête.

– Mais bien sûr ! J'aimerais bien voir ça.

– Me crois-tu si stupide que cela ? demanda Maître Moustache en se penchant vers moi. Tu ne sortiras pas d'ici, Lupin. Pas vivant. Tu es trop malin. Tu trouverais le moyen de t'échapper. Je suis désolé, mais tu devras te fier à moi et te contenter d'imaginer l'explosion. Les garçons !

Trois enfants entrèrent dans la pièce et m'attrapèrent par les bras.

– Ramenez-le dans sa cellule. Cher Lupin, nos chemins se séparent. Je te souhaite de passer agréablement les dernières heures de vie qu'il te reste.

Je fus traîné hors de la pièce, poursuivi par le rire cruel de Maître Moustache.

Chapitre quinze

Coup de théâtre

– Quelqu'un verra les cordes.

– Je te l'ai déjà dit, Lupin, soupira Cyrille. Maître Moustache a pensé à tout. Un spectacle pyrotechnique est prévu ce soir à l'Exposition. Personne ne fera attention à quelques câbles de plus par-ci par-là.

Je ne voulais pas me résigner. Un certain temps s'était déjà écoulé depuis mon entretien avec Maître Moustache et je n'avais toujours pas trouvé le moyen de sortir de cette cellule. L'entrave autour de mes poignets était trop serrée et je n'arrivais pas à bouger les doigts. J'avais beau être un magicien des serrures, je n'avais encore jamais réussi à les ouvrir par la pensée.

En résumé, nous étions fichus.

– Quelle heure est-il, d'après vous ? demandai-je.

– Aucune idée, répondit Cyrille. Mais si la Tour avait déjà explosé, nous aurions entendu un grondement.

La porte s'ouvrit. Pendant un instant, j'espérai que ce serait Léon. Même s'il était sous l'effet des drogues de Maître Moustache, je savais que quelque part en lui existait encore l'enfant au bon cœur que j'avais protégé pendant des années des vexations de Mme Générouse. Il suffisait que je réussisse à lui parler. Mais l'enfant qui entra dans la cellule n'était pas Léon.

Sans un regard pour nous, le garçon déposa un seau plein à ras bord d'une poudre noire au milieu de la pièce avant d'y planter l'extrémité d'un fil enroulé en pelote.

– Oh, non, murmurai-je tandis qu'il le déroulait dans tout le cachot en s'amusant à créer des décors fantaisistes. Attends, attends ! Ne nous laisse pas ici ! Nous allons mourir !

Le garçon sourit. Il noua l'extrémité du fil à un anneau en fer qui se trouvait à côté de la porte avant de sortir une allumette de sa poche.

– NON ! hurla Cyrille en se démenant.

– Oh, Seigneur… gémit le professeur Montel avant de fermer les yeux.

Impuissant, je regardai le garçon frotter l'allumette contre le mur et approcher la flamme du fil. L'instant d'après, l'enfant avait disparu et le feu courait lentement et inexorablement le long de la fine corde.

– Soufflez ! criai-je à Cyrille et à Montel.

– Non, répliqua le professeur. Cela ne servirait qu'à alimenter la flamme. Il n'y a rien à faire, sinon attendre la mort.

– Parlez pour vous. Moi, je n'ai aucune intention de rester ici à attendre le néant, répliquai-je. Combien de temps avons-nous ?

– Je ne sais pas, peut-être cinq minutes, hasarda Cyrille.

Faute de meilleure idée, je commençai à tirer sur l'anneau en espérant un coup de chance. S'il se détachait du mur, je pourrais retirer le fil du seau ou trouver le moyen d'éteindre la flamme. J'appuyai les pieds contre le mur et tirai de toutes mes forces.

– Allez ! Allez, bon sang ! criai-je de frustration. Détache-toi, satané anneau !

– Tu n'y arriveras pas, dit Montel. Utilise plutôt ces quelques minutes pour faire la paix avec ton âme, mon garçon.

– Sauf votre respect, professeur Montel, je n'ai aucune intention de faire la paix avec mon âme. Au contraire, je souhaite vivement continuer à me chamailler avec moi-même pendant encore longtemps !

Je regardai la flamme courir le long du fil. Elle était arrivée à mi-chemin. L'anneau ne se détacherait jamais du mur.

J'allais mourir.

– Il y a quelqu'un ?

Ou peut-être pas.

– Nous sommes ici ! criai-je à la voix inconnue. Nous sommes à l'intérieur !

Il y eut un bruit métallique, puis la porte s'ouvrit et… la fille aux cheveux roux entra dans la cellule !

– *Toi ?!* m'exclamai-je.

– Moi, répondit-elle avec un petit sourire malin.

– Alors tu ne travailles pas pour Maître Moustache…

La fille courut libérer Cyrille et Montel à l'aide d'une des clefs qu'elle avait à la main.

– Écoutez bien, leur dit-elle. À la première bifurcation, prenez à droite, à la deuxième encore à droite, puis tout au fond jusqu'à l'escalier. Il faudra courir, ajouta-t-elle en regardant Montel, l'air incertain.

– Je m'en occupe.

Cyrille prit Montel sur ses épaules et sortit de la cellule.

La fille se tourna vers moi. Elle sourit et une fossette se forma sur sa joue gauche.

– Bien sûr que je ne travaille pas pour Maître Moustache, Lupin.

– Comment connais-tu mon nom ? Qui es-tu ? lui demandai-je tandis qu'elle me libérait.

– C'est important ?

– Pour moi, oui.

– Je m'appelle Joséphine. Joséphine Balsamo. Et maintenant, arrête avec tes questions et dépêche-toi.

Elle ouvrit l'anneau en fer avant de m'attraper par la main. Nous sortîmes de la cellule en courant. Nous parvînmes à l'escalier et montâmes les marches deux à deux. Cyrille et Montel étaient à quelques pas devant nous. Nous sortîmes tous ensemble et… le sol se mit à trembler sous nos pieds.

– Fuyez ! cria Joséphine sans me lâcher la main.

Nous nous lançâmes dans un champ en friche où nous dûmes nous débattre dans l'herbe pour essayer de mettre le plus de distance possible entre nous et l'explosion. Puis…

BOUM !

Il y eut un terrible fracas et le bâtiment d'où nous venions de déboucher fut englouti dans un gouffre de fumée et de flammes. Plusieurs arbres prirent feu et l'air s'emplit des cris des oiseaux qui s'étaient envolés.

Lorsque nous nous sentîmes enfin en sûreté, nous nous arrêtâmes pour reprendre notre souffle. Je regardai autour de moi. Nous étions aux portes de Paris, je pouvais voir le profil de la tour Eiffel qui se détachait derrière les flammes.

Un paysan apparut sur une mule, attiré par l'explosion.

– Que le diable m'emporte… Mais il y avait la cave

abandonnée des Marion, ici… Que lui est-il arrivé ? Et tout va bien, vous autres ?

– Vous devez me donner votre mule ! criai-je.

Le paysan me regarda comme s'il me croyait fou.

– Te donner ma mule ?

– Je vous en prie, je dois rejoindre l'Exposition le plus vite possible ! Il en va de la vie de centaines de personnes !

– Le garçon a raison, haleta Montel, le visage livide.

Il regarda le ciel. Il faisait nuit désormais.

– La Tour est sur le point d'exploser, ajouta-t-il.

– La tour… La tour Eiffel ? demanda le paysan en pâlissant.

– Exactement, confirma Montel.

– Mais mes fils sont partis tout à l'heure pour aller voir le spectacle pyrotechnique… commença le paysan, le souffle court.

– Raison de plus pour me donner cette maudite mule ! m'exclamai-je.

– Non, non… mon cheval ira plus vite, répliqua-t-il. Ma ferme est là-derrière. Juste ciel… murmura-t-il en regardant le gouffre qui s'était ouvert dans le terrain.

– Écoute… commençai-je en prenant Joséphine à part.

– Non, répondit-elle fermement.

– Je n’arriverai pas à arrêter Maître Moustache tout seul. Aide-moi !

– Je suis désolée. J’ai déjà pris trop de risques.

– Pourquoi as-tu volé le diamant ? demandai-je en étudiant l’expression de son visage. Ce n’est pas pour toi, n’est-ce pas ? Tu travailles pour quelqu’un.

Son silence fut une réponse plus que suffisante.

– Dis-moi pour qui.

– Occupe-toi de tes affaires, Lupin, me commanda Joséphine. Paris est assez grand pour tout le monde, non ? Il y a des criminels à tous les coins de rue. Ne nous mets plus de bâtons dans les roues et nous n’aurons pas besoin de retourner à La Fourche.

Sa révélation me laissa un instant bouche bée. C’était donc Joséphine qui avait mis le feu à mon appartement ?

– Mais…

– Lupin ! m’appela Cyrille à ce moment-là. Lupin, *dépêche-toi* !

Je me retournai et vis que le paysan était revenu avec un cheval et sa mule attelée à un chariot.

– La tannerie sur le canal Saint-Martin, après la troisième écluse, me susurra rapidement Joséphine à l’oreille. C’est là que Maître Moustache garde les enfants.

Puis elle fit demi-tour et s’enfuit en disparaissant parmi les arbres.

Cyrille me rejoignit en tenant le cheval par la bride.

– Prends-le, nous voyagerons dans le chariot.

Je montai en selle en essayant d'oublier ce que venait de me dévoiler Joséphine. J'avais autre chose à penser, pour le moment.

– Va chercher le fils de l'inspecteur Ganimard au commissariat. Ne parle à personne d'autre et raconte-lui ce qu'il s'est passé.

– D'accord.

Cyrille et le paysan aidèrent Montel à grimper dans le chariot et ils se mirent en route.

Je tournai les yeux vers la tour Eiffel.

Maître Moustache, j'arrive !

Puis je lançai le cheval en direction de Paris.

Chapitre seize

La galerie des Machines

Lorsque je parvins à la tour Eiffel, il faisait nuit noire. Cyrille m'avait expliqué que Maître Moustache ferait sauter la Tour au début du spectacle pyrotechnique, à vingt et une heures précises. J'avais donc tout juste une demi-heure pour trouver le moteur que le mécanicien avait été contraint d'inventer pour Maître Moustache et l'empêcher de se déclencher. Mais il était impossible d'imaginer entrer dans la galerie des Machines à cheval. Je me mis donc en quête de Pascal. Je le trouvai posté près d'une des grandes pelouses au pied de la Tour, prêt à entrer en scène avec Tricher.

– Mais d'où vient ce cheval, Lupin ? me demanda l'accordéoniste, stupéfait. Tu ne l'as quand même pas volé à l'hippodrome de Longchamp ? Un peu encombrant comme butin, mon garçon.

– Ce serait trop long et trop compliqué à t'expliquer. Tu peux en prendre soin ?

– Oui, bien sûr, mais…

– Et je dois aussi te demander de partir d'ici.

– Quoi ? Mais je viens de commencer à travailler. Je vais attirer un tas de clients avec cette beauté. Tricher pourrait monter sur son dos et…

Le singe lança un petit cri effrayé et secoua la tête. En voyant l'animal aussi agité, Pascal me jeta un coup d'œil.

– C'est si grave que ça ? me demanda-t-il.

J'acquiesçai.

Pascal s'éloigna de la tour Eiffel, Tricher sur l'épaule et le cheval à ses côtés.

Parvenir à la galerie des Machines ne fut pas simple. Elle se trouvait au fond de l'Exposition et, pour y arriver, je fus obligé de parcourir toute l'allée principale, qui se rétrécissait en certains endroits à cause des grandes pelouses ornementales. Je ne pus faire autrement que passer dessus.

– Eh, jeune homme ! entendis-je crier un des gardiens dans mon dos. Il est interdit de marcher sur l'herbe !

J'ignorai ce rappel à l'ordre et continuai à courir. Cent mètres, quatre-vingt-dix, quatre-vingts… Au bout de l'allée, j'entrai dans les pavillons qui se trouvaient devant la galerie, mais je me rendis aussitôt compte que c'était une très mauvaise idée. Il y avait des orfèvres, des céramistes et des verriers d'un côté, des tisserands, des producteurs de savon et des passementiers de l'autre. Une confusion de sons et d'odeurs exacerbée par le calme et la tranquillité avec lesquels les visiteurs, ignorant tout de ce qui allait se passer, se déplaçaient d'un stand à l'autre.

– Pardon, pardon !

Je jouai des coudes dans la foule et atteignis enfin l'entrée de la galerie des Machines, un monstre de fer et de verre long de plus de quatre cents mètres et large de près de cent vingt mètres.

– Misère… murmurai-je, accablé par les dimensions du lieu.

La perspective de chercher quelque chose là-dedans était effrayante. Cyrille m'avait décrit l'engin qu'il avait inventé, mais il ne savait pas où on l'avait placé. J'errai pendant plusieurs minutes de manière confuse, en m'arrêtant devant tous les stands pour examiner les machines exposées.

Je n'y arriverai jamais. Peut-être devrais-je retourner à la Tour pour essayer d'avertir le plus de monde possible… pensai-je. Des centaines de vies étaient entre mes mains, celles d'un jeune voleur d'à peine quatorze ans ! Comment m'étais-je retrouvé dans une situation pareille ?

– Auguste, montons sur les ponts roulants. Nous verrons beaucoup mieux de là-haut, entendis-je.

Je levai les yeux et… des ponts bondés de visiteurs

glissaient sur des rails suspendus au-dessus de ma tête ! C'était ma chance.

J'atteignis l'escalier le plus proche et montai sur un pont juste avant qu'il ne se mette en mouvement.

– Bien, messieurs-dames, dit l'aiguilleur. Les premiers stands que nous verrons sont ceux d'une entreprise spécialisée dans les machines à coudre, fondée en 1765 par…

Je me frayai un chemin parmi la petite foule et me penchai par-dessus la balustrade pour regarder en contrebas.

Si j'étais Maître Moustache, où cacherais-je mon arme ? pensai-je. La réponse me vint un instant plus tard et m'arracha presque un sourire : Maître Moustache n'avait pas *caché* son arme, bien au contraire. Il n'avait aucune intention de passer inaperçu. Plus jamais.

– Excusez-moi, lança une dame derrière moi. Cette machine, qu'est-ce que c'est ?

– Cette… commença l'aiguilleur en regardant en bas. Alors… Voyons… Je crains de ne pas être en mesure de vous répondre, madame. J'en suis désolé.

Je regardai la machine en question et…

– Arrête ! Tu ne peux pas descendre du pont en mouvement !

– Excusez-moi, je suis pressé ! répondis-je à l'aiguilleur qui se penchait pour m'attraper.

Mais j'étais déjà en train de descendre le long d'un des piliers métalliques qui soutenaient les rails. Quand je mis pied à terre, je courus vers la machine qui avait attiré l'attention de la dame. Une petite foule s'était regroupée autour, curieuse de comprendre comment elle fonctionnait.

– Il est écrit qu'elle se déclenchera à vingt et une heures, annonça quelqu'un en lisant le panneau à côté de la machine.

– Pardon, excusez-moi. Je vous demande pardon, madame. Merci, c'est bien aimable.

En jouant des coudes, je parvins à mon but. Oui, c'était bien la machine construite par Cyrille pour Maître Moustache : une sorte de petit monte-charge composé d'une structure sur roues et d'un bras mécanique robuste, muni de poulies, qui soutenait un sac de farine. À la base de l'engin se trouvait un moteur à vapeur similaire à ceux que je venais de voir au stand Peugeot. Des dizaines de cordes fines partaient du moteur pour se perdre le long de la galerie des Machines jusqu'à la sortie.

À présent, je devais désamorcer le mécanisme. Cyrille m'avait dit qu'il n'y avait qu'une manière de le faire : glisser la main dans la petite ouverture entre les roues et débrancher l'horloge qui allumerait la mèche à vingt et une heures précises. Rien de plus facile si je n'avais pas été entouré de dizaines de personnes.

– Éloigne-toi de cette machine, jeune homme, me réprimanda un des gardiens de la galerie. Tu n'as pas le droit de la toucher.

– C'est moi qui l'ai inventée, répondis-je promptement.

J'enlevai mon chapeau et tendis la main au gardien qui la serra. Après une journée de captivité et une cavalcade à travers la campagne, j'avais vraiment l'air d'un inventeur génial allergique au savon. Même si je n'avais pas une grande expérience en la matière, en réalité.

– Je m'appelle Raoul d'Andrésy et je suis l'inventeur de cette merveille. Je dois effectuer un petit contrôle pour vérifier que tout est bien à sa place…

– C'est lui ! s'écria le gardien en resserrant son étau autour de ma main.

– Eh ! Lâchez-moi ! Qu'est-ce que cela signifie ? m'exclamai-je en essayant de me libérer.

– Le concepteur de la machine, *le vrai*, nous a avertis qu'un mythomane risquait de se présenter, répondit le gardien en sortant ses menottes.

Maudit Moustache…

– Vous devez m'écouter ! m'exclamai-je de manière que le plus grand nombre de personnes possible puisse m'entendre. À vingt et une heures, cette machine va se déclencher et toutes les cordes que vous voyez vont prendre feu ! Les flammes atteindront la tour Eiffel qui explosera ! Vous devez me laisser arrêter le mécanisme.

– Mais oui, bien sûr, la Tour va exploser, ricana le gardien. Et maintenant, viens avec nous, jeune homme, et attention à ne pas nous jouer de tour.

– Vous ne comprenez pas ! Des centaines de personnes vont mourir !

Je regardai autour de moi. Personne ne me croyait.

– Allez, ne fais pas d'histoire.

Le gardien m'attrapa l'autre bras, mais je me débattis et lui flanquai un coup de pied. Ses collègues me tombèrent aussitôt dessus. Ils essayèrent de m'immobiliser pour me passer les menottes, mais à ce moment-là…

PAPAPARARAAA !

PAPARAPAPAPARAPAPA !

La sonnerie d'une trompette retentit puis…

– MESDAMES ET MESSIEURS, LES PLUS CÉLÈBRES ARTISTES DU CIRQUE D'HIVER SONT PRÊTS À VOUS ENCHANTER EN EXÉCUTANT LEURS MEILLEURS NUMÉROS !

Celui qui avait crié ces paroles n'était autre que… *Cyrano sur le dos de Bastian* ! L'énorme éléphant gris avançait tranquillement entre les machines exposées tout en saluant les spectateurs de sa trompe. Autour de lui dansaient des jongleurs, des acrobates, des clowns, des avaleurs de sabres et des femmes à barbe.

Certains jouaient de la trompette et du tambour, d'autres jetaient en l'air des balles colorées et des massues.

Les visiteurs de la galerie, après un instant d'hésitation, commencèrent à applaudir avec enthousiasme en se pressant autour de Bastian.

Au milieu de la confusion, je réussis à échapper à l'étreinte des gardiens, perturbés par la présence de l'éléphant, et je me penchai sur la machine inventée par Cyrille. Il était neuf heures moins dix. Je pouvais y arriver.

J'attrapai la poignée de la trappe qui se trouvait entre les roues et tirai. En vain. Elle était bloquée.

– Lupin ! entendis-je à ce moment-là.

Je levai la tête et croisai le regard de Cyrille : il se frayait un chemin entre les artistes du cirque et les spectateurs qui applaudissaient comme des forcenés.

– Cyrille, elle est bloquée ! La trappe est bloquée !

Le mécanicien réussit à me rejoindre et s'agenouilla à côté de moi. Il s'affaira devant sa machine pendant une poignée de secondes avant de secouer la tête.

– Maître Moustache l'a soudée, déclara-t-il.

– Je peux essayer de la forcer.

– Non, tu risquerais d'activer le mécanisme. Le seul moyen, c'est de la perforer. Mes outils sont sûrement encore au stand Peugeot. Reste ici à monter la garde, je vais faire le plus vite possible.

– Lupin ! *Lupin !*

Je me retournai et vis… Ganimard ! Il courait vers moi, essoufflé, une perruque bleue sur la tête et un énorme nœud rouge autour du cou.

– Ganimard, tu as décidé de te lancer dans l'art du cirque ? demandai-je sans pouvoir me retenir. Cette perruque te va bien.

– Oh, mais tais-toi, lâcha-t-il avant de m'attraper par les épaules et de m'indiquer un des ponts roulants. Regarde plutôt là-haut !

Je me retournai. Penché au-dessus de la balustrade du pont, enveloppé dans son long manteau noir, Maître Moustache observait le spectacle qui se déroulait sous ses yeux, l'air furieux. Il n'avait pas imaginé que je puisse m'échapper de la vieille cave, et pourtant j'étais là, les mains sur son invention, prêt à la désactiver.

Puis l'expression de Maître Moustache changea. De rageuse, elle se fit amusée, et l'homme éclata de rire. Quand il écarta le pan de son manteau noir, je vis un visage pâle encadré de courts cheveux roux et je compris pourquoi il riait.

– Joséphine…

– Lupin, j'ai trouvé les outils !

Cyrille se glissa à côté de moi et s'accroupit devant la trappe de son engin.

– Lupin, vas-y, me dit Ganimard. On s'occupe de tout, ici.

Je lui lançai un coup d'œil avant de me tourner vers Cyrille puis vers Cyrano. Ce dernier continuait à mener la parade des artistes du cirque depuis le dos de Bastian en distrayant les gardiens et les policiers qui venaient d'arriver.

– Essaie juste de ne pas y laisser ta peau, marmonna Ganimard.

– Je ferai de mon mieux, le flic, répondis-je.

Puis je fis demi-tour et me jetai à la poursuite du pont roulant.

CHAPITRE DIX-SEPT

Le comte de Cagliostro

Lorsque je parvins à l'extrémité sud de la galerie des Machines, le pont était arrivé depuis longtemps et avait déjà déchargé tous ses passagers.

– Avez-vous vu un homme avec une fille aux cheveux roux ? demandai-je à l'aiguilleur.

– Un monsieur très grand avec une moustache et un haut-de-forme noir ? répondit-il en indiquant la sortie d'un air distrait. Je crois qu'il est parti par là. Mais que se passe-t-il là-bas ? Il y a vraiment un éléphant ?

Je ne lui répondis pas et sortis de la galerie pour me retrouver dans la rue. J'esquivai un fiacre et regardai autour de moi : il y avait là tout un va-et-vient de personnes courant pour assister au spectacle pyrotechnique qui commencerait désormais dans quelques minutes. Malgré tout, je réussis à repérer Maître Moustache et Joséphine : ils venaient de s'engager sur le côté de la galerie, dans une ruelle qui allait vers la

Seine. Je les suivis, même si je savais qu'il s'agissait d'un piège de mon adversaire. Je ne pouvais pas laisser Joséphine entre ses mains, pas avec l'énorme dette que j'avais envers elle.

Je courus tout le long de la ruelle, traversai une petite place et me jetai dans une autre rue. Maître Moustache faisait en sorte que je ne le perde jamais de vue. Il était en train de m'attirer dans sa toile.

Puis une détonation retentit, des éclats illuminèrent l'obscurité et…

– Hourra !

– Vive la République !

– Vive la France !

Je m'arrêtai pour regarder le ciel, désormais éclairé par des explosions de toutes les couleurs. Et la Tour… La Tour était encore debout, illuminée par de gigantesques faisceaux de lumière bleus et rouges.

Cyrille, Cyrano et Ganimard avaient réussi !

– Quelle soirée, hein, mon garçon ? commenta un monsieur près de moi, le nez en l'air. Incroyable.

– Oui, incroyable, murmurai-je, encore tout étourdi.

La Tour n'avait pas explosé. Personne n'était mort.

Puis je me secouai. Le plan de Maître Moustache avait raté. Sa vengeance serait terrible.

Il allait tuer Joséphine.

Je me remis à courir et débouchai près du pont des

Invalides. Parmi la foule qui se promenait le long du boulevard en direction des pavillons, je réussis à apercevoir l'inimitable haut-de-forme de Maître Moustache. Il était en train de traîner Joséphine jusqu'au fleuve.

Je descendis les marches en pierre et atteignis le quai.

– Sois le bienvenu, Lupin.

Maître Moustache m'attendait sous le pont. Il tenait Joséphine par les cheveux d'une main et serrait un petit objet luisant dans l'autre. Un pistolet.

– Joséphine n'a rien à voir là-dedans, dis-je en m'arrêtant à quelques mètres d'eux. Laissez-la partir.

– Elle n'a rien à voir là-dedans ? répliqua Maître Moustache. C'est elle qui t'a libéré. Elle n'aurait pas dû. N'est-ce pas, jeune fille ? lui demanda-t-il avec un faux sourire. Elle a commis une grave erreur.

Joséphine ferma les yeux ; ses lèvres tremblaient. Je ne savais pas quoi faire. Si Maître Moustache n'avait pas été armé, j'aurais eu une chance de m'en sortir. Mais dans ces conditions… Accepterait-il un échange ? *Bien sûr que non*, me répondis-je à moi-même. Il n'avait pas eu sa revanche sur le peuple de Paris, il ne laisserait pas passer l'occasion de se venger des responsables de son échec.

Il allait nous tuer tous les deux.

– Laissez-la partir, tentai-je encore une fois. Au

fond, c'est moi que vous voulez. C'est moi votre ennemi. Prenez-vous-en à moi. D'homme à homme.

– D'homme à homme ? s'exclama Maître Moustache en éclatant d'un rire fou. Tu n'es qu'un petit garçon, Lupin. Un petit garçon terrorisé. Où est passée ton insolence ? Lupin, le jeune et prometteur voleur que tout le monde estime et respecte ! Le voleur qui ne dérobe qu'aux riches et partage avec les pauvres !

Maître Moustache resserra les doigts autour des cheveux de Joséphine, qui poussa un cri.

– Laissez-la tranquille ! Je ferai tout ce que vous voudrez ! hurlai-je. Tout.

– Mais il n'y a qu'une chose que je veux de toi, désormais, Lupin, sourit-il en levant son pistolet.

– Vous avez dit que quelqu'un comme moi vous serait utile ! Je peux travailler pour vous ! Je serai votre bras droit !

– Il est trop tard, refusa Maître Moustache. Tu n'aurais pas dû te mêler de mes affaires. Tu aurais dû continuer à jouer avec les enfants de ton âge. Car, dans le monde des adultes, certains jeux finissent mal. Tu peux dire adieu à ton amie.

Le canon du pistolet se posa sur la tempe pâle de Joséphine.

– Non, non, non… ! criai-je en tendant les bras. Attendez ! *NON !*

Une détonation retentit, une odeur de poudre s'éleva et Joséphine tomba par terre. Paralysé d'horreur, je vis son épaule heurter les pierres du quai ; ses cheveux roux lui couvraient les yeux. Il y eut un silence irréel, si profond que, pendant un instant, je crus que j'étais mort, moi aussi. Puis... Joséphine se releva.

– Q-quoi ? balbutiai-je.

À ce moment-là, Maître Moustache baissa le bras qui tenait le pistolet. Lentement, il tomba à genoux. Derrière les pans ouverts de son manteau, je pouvais apercevoir une grosse tache rouge qui s'élargissait sur sa chemise blanche. Un instant plus tard, il s'affaissa par terre, le visage contre les pierres, les yeux exorbités. Mort.

– Mais... ?

Je sentis un souffle glacé dans mes oreilles. Je me retournai. Un homme se tenait derrière moi. Un homme grand et élancé, aux cheveux sombres coiffés en catogan, une cape bordeaux sur les épaules. Son visage était dissimulé derrière un masque noir. D'une main, il tenait une canne à l'extrémité fumante. Extrémité qui, un instant auparavant, était braquée contre Maître Moustache. À présent, elle était dirigée vers moi.

– Monsieur, attendez ! s'exclama Joséphine en se plaçant devant moi pour me protéger. Ne le tuez pas, je vous en prie !

– *Viens ici*, la fit taire l'homme d'un ton qui me fit frissonner.

Sa voix était froide, métallique… *artificielle.*

Joséphine hésita un instant, puis, lentement, elle alla se placer à côté de l'homme mystérieux dont l'arme était toujours braquée contre moi. Je fixai Joséphine dans les yeux, mais, désormais, son regard ne laissait plus rien transparaître. Le laisserait-elle vraiment tirer sur moi ?

– Lupin, siffla-t-il de sa voix terrible. Le jeune et si malin Lupin.

– Mais qui êtes-vous ? demandai-je. Comment connaissez-vous mon nom ?

– C'est ma ville, Lupin. Elle l'a toujours été. Elle le sera toujours.

– Qui êtes-vous ? répétai-je.

– J'ai beaucoup de noms. Peut-être me connais-tu sous celui de comte de Cagliostro.

J'ouvris grand la bouche. L'homme de l'affaire du collier, celui qui avait dupé la reine Marie-Antoinette ?

– Ce n'est pas possible. Le comte de Cagliostro… a vécu il y a plus de cent ans !

– Lupin, tiens bon ! La police arrive !

C'était la voix de Ganimard.

Le comte de Cagliostro sourit.

– La chance est de ton côté cette nuit, jeune Lupin.

Mais je te préviens : si nous nous croisons encore une fois, je peux t'assurer que ce sera la dernière.

Il abaissa son arme et fit demi-tour avant de s'éloigner rapidement le long du quai, suivi par Joséphine. En un instant, leurs deux silhouettes furent englouties par l'obscurité.

À ce moment-là, Ganimard se montra à la balustrade. Quand il me vit, il dévala comme un forcené les marches en pierre qui le séparaient du quai.

– Lupin ! J'ai entendu un coup de feu ! Tout va bien ? Je t'ai vu t'arrêter sur la place quand les feux d'artifice ont commencé, mais ensuite je t'ai perdu de vue et… Oh, misère… Mais c'est Maître Moustache ? Et il est… mort ! C'est toi… c'est toi qui l'as tué ?

– Non. C'est…

Je n'arrivais pas à penser. Tout s'était déroulé si vite : le coup de feu, la chute de Maître Moustache, l'apparition de Cagliostro…

– Si je te le disais, tu ne me croirais pas.

– En tout cas, il faut que tu inventes quelque chose, parce que mon père et ses hommes arrivent. Quelqu'un m'a entendu prononcer le nom de Maître Moustache dans la galerie des Machines et…

Je regardai Ganimard, debout devant le corps du criminel. J'entendais déjà au loin les cris des policiers et la voix de son père qui aboyait des ordres, furieux.

– Il est à toi, Ganimard.

– Quoi ? Non. C'est toi qui…

– Je n'ai rien fait, dis-je en secouant la tête. Je devrais même être mort à l'heure qu'il est. Mais toi et Cyrano, avec l'idée du cirque, vous avez sauvé la vie de centaines de personnes en laissant le temps à Cyrille d'empêcher l'explosion. C'est vous les héros, pas moi.

– Mais qu'est-ce que je vais dire à mon père ?

– La vérité. Que nous avons découvert ensemble la logique derrière les actions de Maître Moustache. Juste, un dernier détail : Marie-Antoinette était son arrière-grand-mère.

– La reine ? fit Ganimard en ouvrant grand la bouche.

– En personne.

– Et ça, comment je le lui explique ? demanda-t-il en indiquant le corps.

– Tu suivais Maître Moustache et tu l'as vu discuter avec un autre homme, qui l'a tué avant de s'éloigner.

– Tu ne veux pas me dire qui c'était ?

– Il vaut mieux que tu restes dans l'ignorance. Crois-moi.

Ganimard serra les lèvres et hocha la tête. Je savais combien il désirait faire bonne figure auprès de son père. Combien il en avait besoin, surtout.

– Merci.

– Il n’y a pas de quoi, mais ne t’y habitue pas trop. Toi et moi, nous sommes toujours ennemis.

– Lupin, attends. Je…

– Bonne chance, le flic !

Je me jetai à l’eau en riant et atteignis l’autre rive du fleuve en quelques brasses. Quand je remontai sur le quai opposé, les policiers encerclaient déjà le corps de Maître Moustache. Quant à Ganimard, il parlait avec son père. Je ne pouvais ni distinguer l’expression de l’inspecteur en chef, ni entendre ses mots, mais je souris quand je le vis serrer son fils dans ses bras.

ÉPILOGUE

Le profil majestueux de la tour Eiffel se détachait sur le ciel bleu de juin. La Seine coulait paisiblement derrière moi. Assis sur le parapet en pierre, j'observais la foule de touristes et de curieux qui se déversait en direction des pavillons de l'Exposition.

À côté de moi, un homme lisait l'édition du jour de *La Petite Presse*. Quand il eut terminé, il l'abandonna sur le parapet. J'attendis qu'il se soit éloigné pour la récupérer. J'ouvris le journal et passai directement à la section faits divers. Même si la mort de Maître Moustache ne faisait plus la une depuis longtemps, la presse continuait à le considérer comme un très bon sujet de spéculation.

– « Selon des sources bien informées, commençai-je à lire à voix basse dans l'un des nombreux articles qui le concernaient, Maître Moustache aurait été tué par les Veuves de Pigalle, célèbres criminelles qui rôdent dans les rues de la ville à la tombée du jour, à la recherche de victimes encore chaudes… » Ah, par pitié.

Je refermai le journal et le posai à côté de moi. Si seulement les gens connaissaient la vérité… Oui, mais quelle vérité ? Le fait que Maître Moustache avait été tué par un homme ayant vécu à la cour de la reine Marie-Antoinette et qui, donc, aurait dû être mort et enterré depuis près d'un siècle ?

– Lupin !

Je levai les yeux et vis Léon courir vers moi. Il tenait à la main deux coupes de glace achetées auprès du vendeur ambulant au pied de la Tour.

– Il était temps, dis-je. Où étais-tu passé ?

Léon sauta sur la balustrade et s'assit à côté de moi.

– Il y avait une queue interminable. Pourquoi on ne les a pas volées ?

– Tu sais très bien pourquoi, répondis-je en ébouriffant ses cheveux. On ne vole que ce dont on a vraiment besoin.

– C'est vrai, murmura Léon. *Mmm*, c'est bon. À l'orphelinat, personne ne nous en donnait jamais.

– Eh non, ces deux goinfres mangeaient toute la glace, répondis-je. Mais en fin de compte, ils ont eu ce qu'ils méritaient, ajoutai-je avec une certaine satisfaction.

Quelques semaines après avoir été chassé par Mme Générouse, j'avais envoyé une lettre anonyme au commissariat pour dénoncer les abus et les mauvais traitements que la directrice et son perfide mari nous infligeaient. En quelques jours, l'orphelinat avait été fermé, les orphelins avaient été placés dans des structures sûres et accueillantes et Mme Générouse et M. Fraude avaient fini à la rue.

– Alors, que veux-tu faire aujourd'hui ? demandai-je joyeusement à Léon.

– Tout ! s'exclama-t-il.

– C'est-à-dire ?

– On pourrait monter là-haut.

– C'est bien ce que je craignais, soupirai-je en regardant la tour Eiffel. D'accord. J'espère seulement que ces trucs sont sûrs.

– Tu n'as quand même pas peur des ascenseurs, si ?

– Qui ? Moi ? Penses-tu. Je les adore.

– Tu verras qu'un jour, il y en aura dans tous les immeubles. Même à La Fourche.

– J'en doute.

Léon rit et continua à manger sa glace de bon appétit. Quand il eut avalé la dernière bouchée, il jeta un coup d'œil à la mienne, l'air implorant.

– Tiens, tiens, dis-je en lui passant ma coupe.

– Tu es le meilleur, Lupin.

– Et toi, un petit flatteur, Léon, répliquai-je.

Je me mis à califourchon sur la balustrade en pierre et scrutai les eaux luisantes de la Seine. Une péniche pleine de touristes bruyants glissa au-dessous de nous et disparut au détour du fleuve.

– C'est vrai que nous pourrions essayer de monter... commençai-je en levant les yeux.

Puis je me figeai. Immobile de l'autre côté de la Seine, des cheveux roux rebelles s'échappant de son béret et un demi-sourire moqueur aux lèvres, c'était bien elle.

Joséphine leva lentement la main. Mais avant même que je puisse lui rendre son salut, elle avait déjà disparu, comme si elle n'avait jamais été là.

– Lupin ? Eh, ça va ?

Inquiet, Léon me donna une tape sur le bras.

Je posai ma main sur son épaule.

– Ça va très bien.

– Maintenant que Maître Moustache est mort, personne ne nous embêtera plus, commença-t-il en continuant à me regarder, hésitant. Pas vrai ?

Nous descendîmes de la balustrade pour marcher vers la tour Eiffel.

– Oui, Léon, répondis-je. Personne ne nous embêtera plus. C'est fini.

Je n'étais pas tout à fait sûr que cela soit la vérité.

Car, au fond, qui pouvait savoir ce que me réservait l'avenir ?

De nouvelles aventures, peut-être.

Si c'était le cas, je serais prêt à les affronter.

Table

Composition : IGS-CP à L'Isle-d'Espagnac
Impression : CPI Bussière en juin 2021
Éditions Albin Michel
22, rue Huyghens – 75014 Paris

ISBN : 978-2-226-46436-1
N° d'édition : 24553/01 – N° d'impression : 2057187
Dépôt légal : juillet 2021
Loi n° 49-956 du 16 juillet 1949 sur les publications destinées à la jeunesse modifiée par la loi n° 2011-525 du 17 mai 2011.